LOCUS

LOCUS

LOCUS

LOCUS

catch

catch your eyes；catch your heart；catch your mind……

catch 35 別爲我解釋印度
作者：紀玉君
繪圖：吳旭東

責任編輯：韓秀玫
文字編輯：何若文
美術編輯：謝富智
法律顧問：全理法律事務所董安丹律師
出版者：大塊文化出版股份有限公司
台北市105南京東路四段25號11樓
www.locuspublishing.com
讀者服務專線：0800-006689
TEL：(02) 87123898　FAX：(02) 87123897
郵撥帳號：18955675　戶名：大塊文化出版股份有限公司
e-mail:locus@locuspublishing.com
行政院新聞局局版北市業字第706號

總經銷：北城圖書有限公司　地址：台北縣三重市大智路139號
TEL：(02) 29818089 (代表號)　FAX：(02) 29883028　29813049
製版：源耕印刷事業有限公司
初版一刷：2001年 8 月
定價：新台幣 250 元
ISBN 957-0316-70-5
Printed in Taiwan

國家圖書館出版品預行編目資料

別為我解釋印度 / 紀玉君作.— 初版— 臺北市：
大塊文化，2001 [民 90]
面；　公分. (catch；35)

ISBN　957-0316-70-5(平裝)

855　　　　90011665

別為我解釋印度

紀玉君◎著
吳旭東◎繪

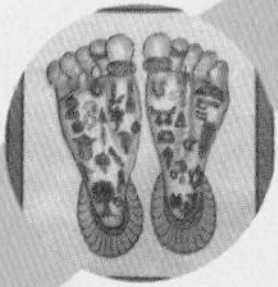

目錄

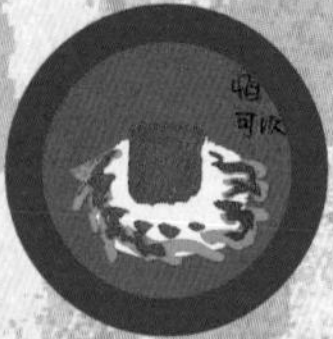

STOP

ASHA
READY MADE
RAJA CHAP KHAINI
SHIMLA
GUTKHA
SIR
VAZIR
GUTKHA

Before 在家靠mail，出外靠網友！

「你眞的要去印度嗎？」

「我看你還是別去吧！那地方那麼奇怪，萬一你網友放你鴿子，你怎麼辦？」

「放鴿子是還好啊！如果他是個人口販子才叫糟啊！」

「印度應該很窮吧！物資不足，你那麼會吃，人家窮國家可是會被你吃垮的啊！還是別去了吧！你得爲了那個國家的人民著想啊！」

同事們七嘴八舌地在討論著我去印度後可能遇上的危險，大家一致認爲像我這樣一個「隨便和個印度網友約約，就要去找人家」的人，實在是一種笨到無可救藥的行爲，於是除了語帶恐嚇之外，還不惜搬出最難堪的字眼，想要阻止我的印度行。（雖然我知道此人如此惡毒是爲了我好，但基於精神傷害的緣故，我決定此書一出，他個人必須先內定五本）

「決定了！我非去不可！我網友家好像是印度的有錢人，搞不好我可以弄個印度王妃來當當！到時，我一定包機帶大家去印度，再用大象把大家從印度機場接到我的城堡，大象會踏在鋪了紅地毯及撒滿玫瑰花瓣的路上，邁向我即將舉行世紀婚禮的城堡！」

就這樣子，聽起來好像有點賭氣，其實眞的沒有，我踏上了印度之行。

我與印度網友通信一年多，這期間我的腦子一直籠罩在「我的印度網友不是個印度王子也會是個印度富豪」的幻想裏，會有這樣的誤會其實是有原因的。我之前在一家國際型的外商廣告公司工作，這家公司在全球有很多分公司，有一次我在電腦前按錯了一個鍵，原本要傳給全台北辦公室的mail一下子傳到了全亞洲。這下可熱鬧了！首先是資訊部門非常嚴厲地跑來告訴我，因爲我這封信傳到全亞洲，導致公司信箱負載量過大，全亞洲的e-mail系統都當機，接著我就收到了來自亞洲各國的e-mail，封封都在詢問這封都是亂碼的信到底要告訴他們什麼東東，我和我的印度朋友便是這麼「搭」上的。

人多少是有些虛榮，再怎麼溫柔賢淑的女人都做過少奶奶夢，但必須要聲明的是：我不是那種隨便就自己編織王妃夢編得很高興的人。

「印度人會講英文的都是受教育的哦！受過教育的印度人都是有錢人哦！沒錢的人不能唸書的！」

「在廣告公司工作的印度人都是有錢人哦，那在印度可是時髦行業哦！」

「你的印度朋友說他假日都去打板球啊！那鐵定是有錢人哦，所以才能過這種英國式的生活！」

「你的印度朋友居然邀妳去住他家啊，一定很有錢！不然印度人的房子都那麼小又破，哪敢邀別人去住啊！」

「你的印度朋友居然說要開車去機場接你啊，眞的是王子，不然怎麼有錢買車啊！」

和印度網友通信這段期間，我不斷地被洗腦著，這些自以爲是的揣測讓我的印度王妃夢遲遲無法結束，也讓我帶著「好！我一定要讓你們到我未來的王宮來喝喜酒」的誓言踏上印度之路。

臨行前，好友波波突然決定加入這趟看起來已經有點像是相親之旅的旅行，相信大家都聽過矽谷相親團吧？倒是沒聽過有所謂印度相親團的，所以請別把「當王妃」這件事當眞，我發誓我眞的只是念頭一閃即逝！波波是個極爲生活白痴的的廣告文案，除了廣告文案和愛哭愛跟路之外，她什麼事都不會做，萬一去到印度，根本沒有我們之前想像的美好，一不小心被印度網友賣掉了，像波波這樣一個白痴的人，到底能不能撐過來，還眞是個謎！

而我這個被公認爲「超級白帥帥」的白目廣告文案（到底有多白目呢？簡單說就是會向更年期婦女介紹衛生棉的程度吧……）又要如何帶著波波這個白痴文案，完成這次的印度行呢？

白目＋白痴＋不純正的動機（想變成印度王妃）＋英文很爛，到底會等於什麼樣的旅程，說實在的，我一點都不敢想，不如就勇敢一點，在不怎麼想答應我請假去玩的老闆前，寫下鐵定要請假的理由：「我三十歲了，要出國相親！」

我和波波出發了！

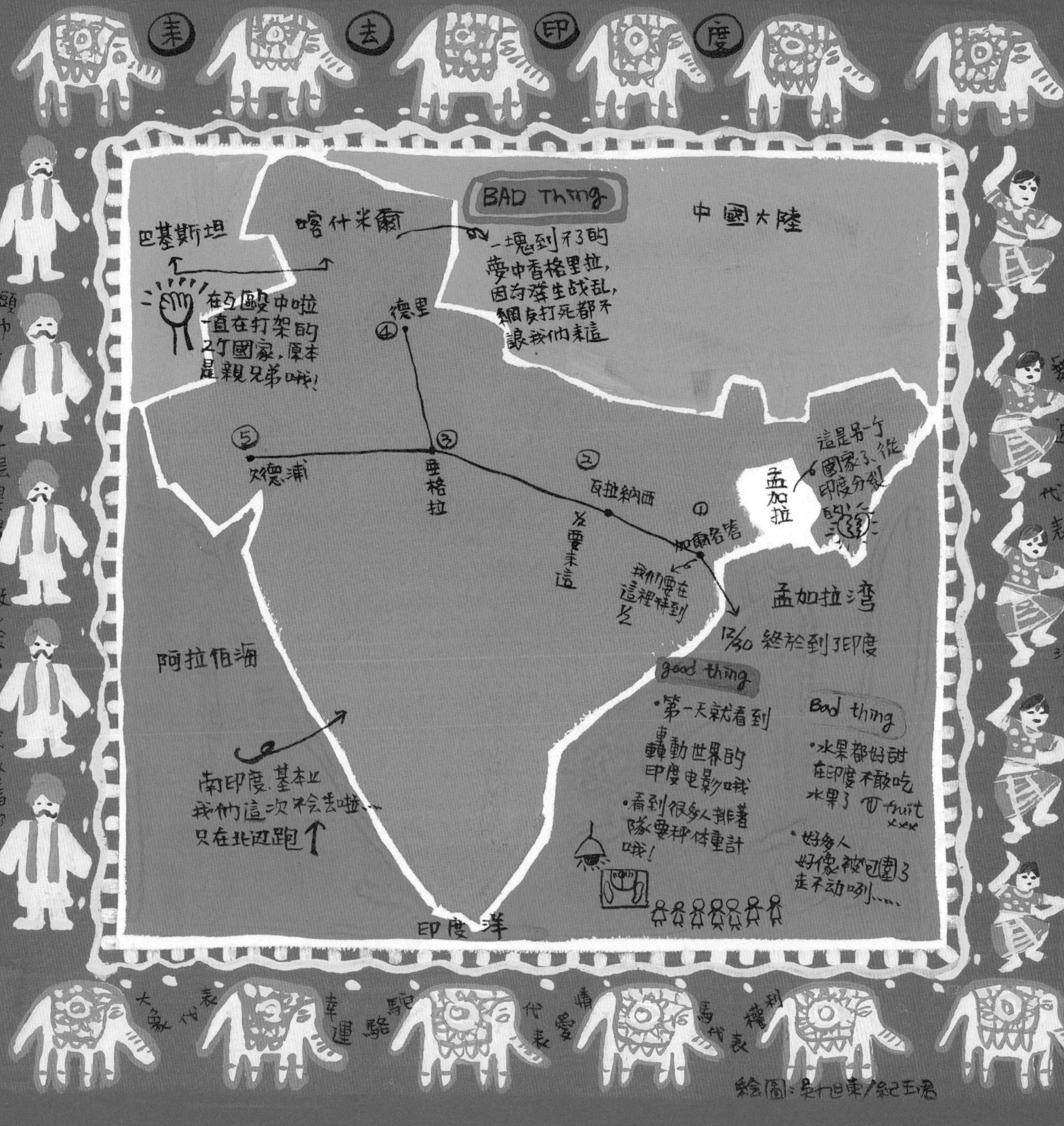
來去印度
巴基斯坦
喀什米爾
BAD Thing
一塊到不了的夢中香格里拉，因為常生战乱，網友打死都不讓我們來這
中國大陸
在互毆中啦 一直在打架的2個國家，原本是親兄弟哦！
④ 德里
⑤ 久德浦
③ 亞格拉
② 瓦拉納西
½ 要來這
① 加爾各答
我們要在這裡待到½
孟加拉
這是另一個國家了，從印度分裂的
孟加拉灣
12/30 終於到了印度
阿拉伯海
good thing
•第一天就看到轟動世界的印度电影哦
•看到很多人排著隊要秤体重計哦！
Bad thing
•水果都好甜 在印度不敢吃水果了 fruit xxx
•好多人好像被包圍了走不动咧……
南印度，基本上我們這次不会去啦… 只在北边跑
印度洋
頭巾厚厚一层是錫克教，全身白衣代表着耶穌教
舞蹈代表
大象代表幸運
駱駝代表愛情
馬代表權利
絵圖：吳九旦東/紀玉君

打死不用衛生紙

印度王妃夢從衛生紙開始破碎

「居然連五星級飯店的馬桶旁都有水龍頭啊！」

難得一見印度的五星級飯店，但這個現象可謂「奇蹟」，讓我不禁對這個國家不用衛生紙的習慣，重新思索「為什麼？」。

這是印度賣的衛生紙，通常在一般店面買不到，不過在飯店旅館周圍的小雜貨店倒是滿多的。一捲印度盧比20元（大概台幣15元左右），如果以吃路邊攤小吃來算，一餐大約10元～20元左右，所以一捲衛生紙就等於一餐費用，在台灣吃一餐是50～80元，一包衛生紙也不過就是25元，換算物價來說，算是貴的了。

印度很多地方賣的都是黃色的衛生紙，長相和這捲一樣，但紙質較粗。這種白色的稍微柔軟一點，不過這可不像台灣的捲筒衛生紙，大大一捲，基本上這大概只有1/2的量，而且不知道是捲紙技術不好，還是故意要把它弄得看起來比較有份量，裏面的衛生紙捲得極度鬆垮，很像人工自己捲一捲而已，一個人用的話，大概只能用三天。

「我們要去的，可是個不能想買衛生紙就買衛生紙的地方哦！」

行前我就叮嚀波波到屈臣氏買了一OO多包的隨身包面紙，但即使對印度極少有衛生紙這件事已做好最完善的心理準備，到印度的第一天，一踏進我印度朋友家的廁所還是不由得嚇了一大跳。沒想到我帶著成為印度王妃的誓言和夢想踏上印度，卻要由衛生紙來宣判我的王妃夢碎！原以為印度朋友家該會是我在印度唯一遇到有衛生紙的地方，沒想到他家除了不算是有錢人之外，我最在意的是，真的沒有衛生紙，雖然人家我的印度朋友實在是對我一點興趣也沒有，但我還是很多此一舉地自我提醒：「可千萬不能嫁到這種不

我們在久德浦時，住在一個像城堡般的旅館，這是我們住過最可愛的地方，感覺自己真的好像住在沙漠裏的公主。臥室裏面也是圓形的，幾張老老的木製桌椅，再加上一張雙人床，布置很簡單，可是卻很舒服。（照片中的房間是老闆及所有旅客的客廳）因為這是一家很棒的旅館，所以我就秀一下所謂高級廁所裏的水龍頭是怎麼一回事。如你所見，乾淨的磁磚牆和地板，西化的抽水馬桶，但旁邊一定有個水龍頭，放在水龍頭下的水桶和水杓我們請老闆收走了，因為實在用不到。

用衛生紙的地方啊！」畢竟愛上一個印度人的同時，你得說服自己用手洗屁屁也是件不賴的事，那眞的很不容易，可是，如果要每個月由台灣空運衛生紙過來，那也未免太連累在台灣的親朋好友了……

可以沒有衛生紙，但不能沒有水龍頭和水杓

如果只是一般人家沒有衛生紙也就算了，問題是連許多高級餐廳都沒有。到印度的第一天下午，我和波波的第一次大號是在百帝廣告印度分公司解決的，我們一路憋著不敢去上廁所，因爲擔心會沒有地方放用過的衛生紙，我的印度朋友一說要到百帝廣告找另一個朋友一起出來玩時，我們眞是興奮不已，想到外商廣告公司常有一些外國人出入，總該會放衛生紙和垃圾桶吧！果不出所料，百帝廣告的廁所裏有放衛生紙，但

是卻依舊沒有垃圾桶……接下來的十六天旅程裏，不管我們是上高級餐館或是住在旅館裏，同樣的情形都會重複發生：要不就是供應只能算半捲的衛生紙；要不就是廁所沒有垃圾桶（但馬桶的沖水能力也不足以沖下衛生紙）；當然，廁所旁一定有水龍頭和水杓（但你可別把他當作是用來洗手的，那是用來洗屁屁的），廁所永遠都會濕濕的（爲什麼濕濕的，看到現在各位該能猜得到了吧？）穿長褲的遊客可千萬要先撩起褲管再進廁所！否則屎尿浸溼褲管的滋味可不好受！

從五星級飯店思索衛生紙無用論

「今天晚上我們公司有個跨年晚會，招待我們去加爾各答最高級的五星級飯店跳舞，也可以帶你們去哦，平常我眞的去不起呢！」

我的印度朋友高興地對我說，語氣中透

印度的有錢人到底是什麼樣子呢？在五星級飯店裏看到的，其實不見得是有錢人，譬如在台灣，像我這樣的窮光蛋偶爾也會到五星級飯店吃飯一樣。不過在瓦拉納西鹿野苑裏遇到的這一家子，就真的是如假包換的有錢人了。他們個個看起來溫文儒雅，每個都會說英語，在下午三、四點時，和英國人一樣，必須一同出遊或在家裏來個下午茶，女生身上的紗麗質料好的不得了，有些還穿西式洋裝，男生都是西式打扮，這就是印度的有錢人。他們很有可能住在郊區挑高的三層白色洋房裏，前面還有個大花園，完全和一般人只能住百年以上的老公寓，或泥土牆的破平房不同。

露出「啊！總算沒有招待不週」的欣慰。加爾各答是印度最多難民的城市，所以貧富不均的情形在這裏更為明顯，原因是印度脫離英國統治之時，英國將當時加爾各答所在的孟加拉省劃分為西孟加拉和東孟加拉，東孟加拉現在是個獨立國家，而當時加爾各答的經濟命脈——加爾各答港也劃給東孟加拉，失去了海港出口優勢地位的加爾各答加上從東孟加拉湧進的難民，讓整個加爾各答像個一夕之間中風的老人，衰敗不堪。

走在夜晚的加爾各答，一不小心你便會踏到東西，這可非同小可，不是踏到狗屎、踏到流浪狗這般的事件而已，因為你踏到的會是睡在路上的遊民，有時搞不好你踏到的是早已凍死在路邊的屍體！因為自己在這十六天完全過著印度式的生活，既然貧富不均也是他們的生活內容，我就更想去探探印度有錢人的生活。想不到的是那兒的人和台灣上五星級飯店的人沒什麼太大的差別（不過那就算是印度的有錢人了！當然所謂的印度富豪是我們無法想像也看不到的有錢，不在這一掛裏，是在電影裏），倒是連廁所裏都有水龍頭和水杓子這件事比較讓我驚訝！廁所裏有附捲筒衛生紙，但拉扯了一整地浪費在地上，看來是沒什麼人在用它，而就地面上依舊濕漉漉的狀況來看，大部份的人應該還是使用水與左手的！這實在是太匪夷所思了！假設印度人民因為普遍窮困的關係，所以衛生紙是奢侈品，很少人能用，那麼到五星級飯店如果可以免費使用衛生紙，大家應該是趨之若鶩吧？怎麼反而是棄如蔽屣呢？而且一些還不錯的餐廳，都會供應餐巾紙，以供用手抓飯吃的印度人擦手，那些餐巾紙可都做得比衛生紙漂亮高級許多，既然餐巾紙都可以免費拿取了，可見這種紙類產品也不是真的買不起，到底衛生紙這件事

在印度人的生活裏是佔什麼樣的地位呢？

衛生紙是送給小朋友最棒的玩具

「我想要這個！」印度朋友的哥哥的小孩——伽蘭，向我要著印有華納卡通圖案的隨身包面紙。

「可以給我兩個嗎？我想要藍色和黃色的！姐姐——吉蘭也要兩個，她要紅色和黃色的！」伽蘭要求著。

如果是在台灣我買十打送他也沒問題，問題是我們現在在印度，接下來這些衛生紙還要伴我們度過二十幾個買不到衛生紙的日子，給了他，我可眞的要徹底的入境隨俗了，我寧願吃路邊攤得瘧疾也不願接受用左手和水洗屁屁！我算了算這比大麻還珍貴的存貨，儘管心疼，還是照他要求的送了他兩個，再送姐姐兩個；心想這是奢侈品，他們平常沒錢買，就讓他們這幾天用用吧！

「別亂丟！伽蘭、吉蘭！」

印度朋友的媽媽開始喝止這對長得不像的雙胞胎孫子孫女。原來他們開始在玩衛生紙大戰，拿著衛生紙當玩具丟來丟去，他們要的只是包裝袋的卡通人物，衛生紙對他們來說，連擦手都嫌麻煩！而我們兩個台灣來的女子則在旁邊看得很尷尬！

「她媽媽會不會以爲我們看他們家沒衛生紙，所以送小朋友衛生紙擦屁屁啊！她不會以爲我們看不起他們吧？」我不安地向波波說著我的疑慮。

「她媽媽一定覺得我們很會製造麻煩，白吃白喝白住人家，還給人家製造垃圾！」波波也很擔憂地說著。

但也只能光是說著，光是擔憂著，事情既然已經發生，可也沒什麼可以彌補的，因爲沒事便罷，如果眞的怎麼了，那也是一場雙方都不會啓齒的誤會，要眞造成對方什麼心理上的疙瘩，也是沒辦法的事吧……

小朋友不臨摹畫
畫時，便用蠟筆隨性的
畫了起來。我覺得印度人的配色應
該是天生亮麗的，而且從小就顯現如
此。我記得我小時候，畫圖描邊時都是
用黑色的，可是這兩個小朋友所畫的圖
上，完全沒有用到黑色，一般童話書也
是如此。不過版畫風格是例外，我很喜
歡印度的版畫，很有生命力的感覺。

咱們到印度去賣免治馬桶吧

一連串的衛生紙事件讓我思索究竟印度人是沒錢用還是打死不用？我想了又想這個問題似乎和錢沒有關係！否則的話有錢人應該是用得起也用得很習慣的！我的印度朋友雖然不算是非常有錢，但以印度人的中等收入平均是每月三千元（台幣）來說，我那月薪一萬二千元的印度朋友應該算是很不錯的了，而那些能上五星級飯店的印度人至少也應該都和我的印度朋友差不多，但是他們都不用衛生紙。

我開始站在他們的角度去想，不想還好，一想就開始覺得或許自己是被嫌惡的！搞不好我的印度朋友家裏的每個人都覺得我們兩個台灣女生很髒呢……

「光是用衛生紙擦屁屁怎麼會擦得乾淨呢？沒有用水洗怎麼會乾淨呢？而且擦完的衛生紙這麼髒，她們居然把它蒐集

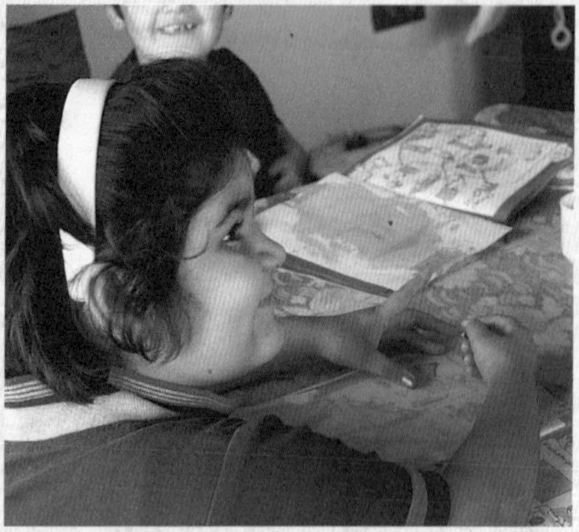

這就是網友哥哥那兩個吵著要衛生紙的小孩，女的是吉蘭，男的是伽蘭，他們是一對雙胞胎，這兩個小孩正要畫畫送給我和波波。因為紙很貴，沒辦法買很多種紙，所以他們就把作業紙撕下來，拿起網友媽媽的沙拉油便往紙上抹，當成描圖紙畫了起來。剛開始我不知道只是覺得納悶，為什麼他們送我和波波的畫老是油油的，還以為是這裏特殊的油紙，專門用來畫畫的。

在垃圾桶裏一直放著不趕快拿去丟……這眞是可怕啊！」他們一定是這樣想的吧？天啊！

想到這裏，我就想到曾經有人說要到非洲去賣鞋，因爲非洲的人都沒鞋穿，而且非洲又有這麼多人，如果一人穿一雙，鞋商就賺翻了！沒想到那個到非洲賣鞋的人一雙也賣不出去，因爲他們根本不需要穿鞋！所以如果也有人想要到印度去賣衛生紙，即使想要薄利多銷可能都是虧本生意吧！但是另外一個生意倒是很可行哦！那就是賣免治馬桶！雖然單價很高，但印度還是有很多有錢人買得起，免治馬桶是用水洗屁屁，不必改變印度人數千年的生活習慣，而且又可以「不沾左手」（基本上印度人用左手洗屁屁，用右手吃東西，左手因爲不淨，所以是不碰食物的），吃東西的時候從此可以兩隻手都「吮指回味樂無窮」。嗯！愈想愈是覺得這個生意可

網友家是家－徒－四－壁－的－有－錢－人！這是我們的臥室，原本是網友Sanjeev的房間，特別讓給我和波波住。那個舊舊的鐵櫃子和木櫃是他的衣櫃和雜物櫃，除此之外，就是一張床，然後……沒了！

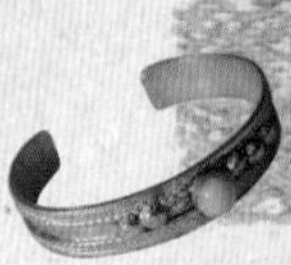

行，兩個台灣女生不禁連這個免治馬桶在印度上市的命名都想好了——就叫做「左手」，大家覺得如何呢？不過想歸想，也許我這一連串對衛生紙的問題，都只是自個兒對印度的揣測，離開印度時，我曾一度非常想問我的印度朋友關於衛生紙這件事，印度人的看法到底是什麼，但想想這實在是太令人難以啓口了，還是別當面問，回台灣後再e-mail問他，不過回到台灣打開信箱準備寫信問這個問題時，還是沒有辦法在鍵盤上打出這個問題，總覺得我這麼一開口，似乎是在質疑別人的文化，未免也太不禮貌了，自己故作輕鬆地就問出口，到時別人便要回答得很尷尬，這樣不顧別人心情，似乎事不關己的問話方式，想了許久我還是出不了手做不到，於是也就作罷了。就讓它成爲一個我對印度的謎團似乎也不是什麼壞事，畢竟這世界有很多事是沒有必要樣樣都知道的吧……

有些事得告訴你

1. 去印度前，一定要自行準備許多衛生紙或面紙，很多時候你會需要用到，因為吃東西要用，上廁所要用、空氣很髒也隨時要用，如果你容易水土不服拉肚子的話，更要多帶點，因為印度的衛生狀況真的很糟。
2. 不要喝印度的生水，連餐廳供應的水都不要喝，一定要去買密封的礦泉水，否則的話你可能會拉肚子拉到帶五十條衛生紙去都不夠用。去之前記得去藥房買「美爾奎寧」服用，以預防瘧疾。
3. 無論什麼季節去印度，都務必穿長褲長袖，一般說來，十至三月都是較合適的季節。長褲不要太緊，要容易撩起來，要穿底稍厚的鞋子，不要穿平底鞋，否則難以躲避廁所滿地積水的侵襲。
4. 印度的貨幣單位是盧比(Rupee)一美元大概可換四十五元盧比，在機場就要先換好，因為外面除了銀行以外，可換的地方不多，而印度又是走到哪裏都需要現金，也很少可以刷卡。

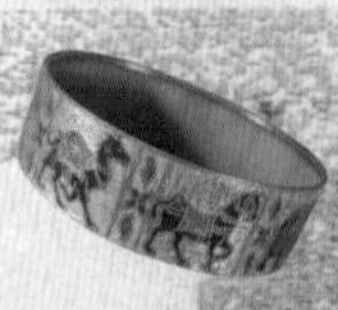

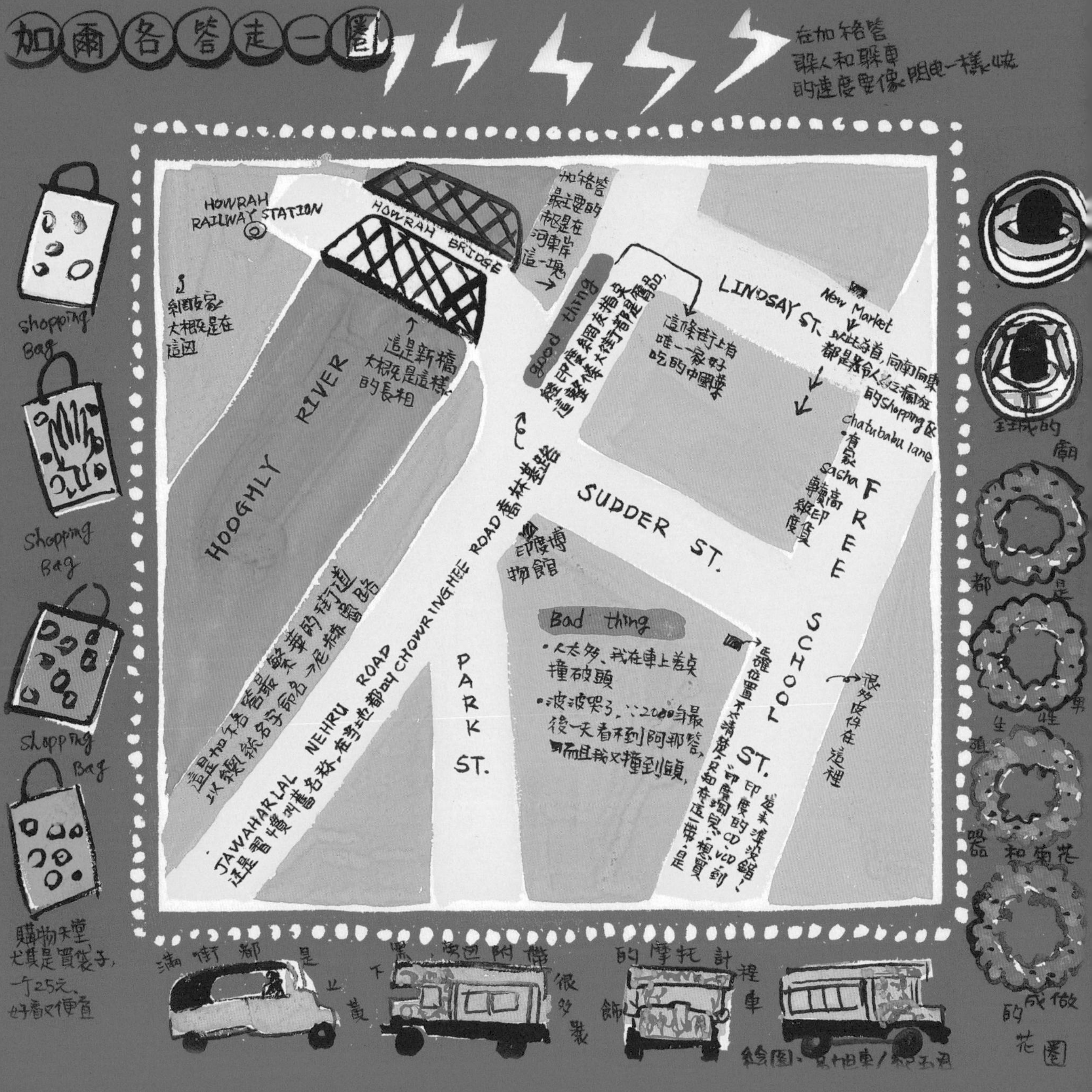
加爾各答走一圈
在加格答
騎人和騎車
的速度要像閃電一樣快
HOWRAH RAILWAY STATION
HOWRAH BRIDGE
加格答最主要的都是在河東岸這一塊
剎西女家大概是在這四
這是新橋大概就是這樣的長相
HOOGHLY RIVER
good thing
經印度和朋友指引，這條大街都是藝術品
這條街上有唯一一家好吃的中國菜
LINDSAY ST.
New Market
從此街首，向南向東都是令人瘋狂的shopping區
Chatubabu lane
有家Sasha專賣高級印度貨
FREE SCHOOL ST.
SUDDER ST.
喬林基路
CHOWRINGHEE ROAD
印度博物館
Bad thing
•人太多、我在車上差点撞破頭
•波波哭了，∵2000年最後一天看不到阿那答，而且我又撞到頭，
確位置不清楚，只知在這一帶，是買印度的CD、VCD、印度樂器，是本淳沒錯！
很多皮件在這裡
PARK ST.
這是加爾各答最繁華的街道以領袖名字命名→尼赫魯路
JAWAHARLAL NEHRU ROAD
還是習慣叫舊名稱，在當地也都叫CHOWRINGHEE ROAD
Shopping Bag
Shopping Bag
Shopping Bag
購物天堂尤其是買袋子，一个25元，好看又便宜
鐵做的廟
都是生殖器和菊花做成的花圈
滿街都是黃黑，附帶很多裝飾的摩托計程車
繪圖：

星期天的維多利亞紀念館，人潮真的很嚇人，我們「驅離」了身旁很多人才有地方拍照。在我們後方，那群排隊的人都是要湧入維多利亞紀念館的。和我合照的是網友Sanjeev ，而和波波及我合照的那位女孩是網友的朋友，一起陪我們出來玩的。

人生人，害死人

你能去印度嗎？

第一關測驗：你喜歡人嗎？

「你們運氣很好啊！今天都是人哦！」

如果你問我去印度的第一要件是什麼？

我會回答：你必須要不怕「很多人」。

星期天的加爾各答博物館擠滿人潮，排隊的隊伍好似裏面正舉辦巨星簽名會一般，我的印度朋友在他的朋友圈裏，是出了名的沒耐性，所以我完全感受不到他的幽默和體貼，只覺得他應該不是怕我不知道這些排隊的印度人，都是要進博物館的，才友善地提醒我，而是打算揚長而去換個地方帶我們逛逛。

「今天博物館有活動嗎？」

「沒有啊，本來就很多人，到了星期假日更多人囉！」

「印度人這麼愛逛博物館嗎？」

「只是不曉得去哪裏罷了！」

因爲不曉得去哪裏而到博物館？如果是在歐洲聽到這句話，我一定會自動聯想到那是因爲歐洲人的文化素質比較高的緣故，不過在這裏，我可完全不會有這樣的聯想，倒不是我瞧不起印度，只是我知道在一個普遍窮困，沒錢找樂子也沒什麼娛樂設施，人又超級多的地方，每天街上，一定是灰茫茫的空氣加上擁擠的人群，河堤上、馬路邊、人力車……走在其間真是有點緊張，又得擔心扒手，又得擔心被叭來叭去的車子撞到！

大家同時都想到外面走一走時，公共設施無可厚非地會成爲第一選擇。

印度是世界人口數排名第二的國家，僅次於中國大陸，但是如果把國土大小的因素考量進去，那麼印度的人口可有中國大陸的三倍！雖然才剛到加爾各答二天，但什麼叫做「人潮洶湧」，我總算體會到了。畢竟我也還不算太老，所以趕熱鬧這件事在台灣也常做，什麼影展啊、書展啊、演唱會啊，人再多的地方我都去過，但印度這裏隨時湧出的人口就像滾燙沸水上的泡泡，不斷地冒出來，而且每個都像滾水泡泡般有殺傷性。

他們會完全不顧路況地逕自穿越馬路，你即使緊急煞車都有可能會輪胎打滑，或是頭撞到擋風玻璃。再來就是死纏著觀光客的小販和掮客，似乎不從你身上撈點油水絕不罷休，他們像蒼蠅

不只人多，乞丐更多。走到哪都有一大堆乞丐聚在一起，或沿街而坐，或沿著階梯拾級而上或坐或臥。他們在寒風中不斷搓著雙手，藉著口中呼出的熱氣為雙手取暖，等手不那麼僵硬時，才有力氣伸出來繼續乞討。
只要你施捨了一個乞丐，其他自然會湧上來要口飯吃。在印度，有一件事必須要學習的就是：對乞丐漠視。當然要自己成為這樣一個人，感覺很不好，德蕾莎修女初至印度時便發出了這樣的感歎：「愛的相反不是恨，而是漠視」，只是除了漠視與修女精神之外，現在似乎還找不到第三條路來應對這樣的狀況。

相較於街道的擁擠，角落永遠是窮人最淒涼的地方。因為人口過剩，許多家庭連吃都吃不飽，根本無力讓小孩就學，路上常見的這種擦鞋童，便是為了混口飯吃而努力著。能做擦鞋童還算好的，許多都得流落街頭當乞丐。

從亞格拉往新德里的火車上，巧遇這一家回教家庭。回教的教規是可以娶四個太太的，這位先生「目前」有兩名，各生了二個小孩，像這樣子的全家出遊，鐵定花費不少，這種教規似乎比較適合有錢人，沒錢的人實在不要輕易入教。

這個國家太多人，尤其是太多窮人。不過他們已經自行發展出了許多生活共用品來解決這個問題。在路上常會看到許多人大排長龍，前方的機器亮閃閃的，不知道大家都在看什麼好戲，湊向前一看才知道原來這是體重計！秤一次價錢不一，大約都是1~2盧比。

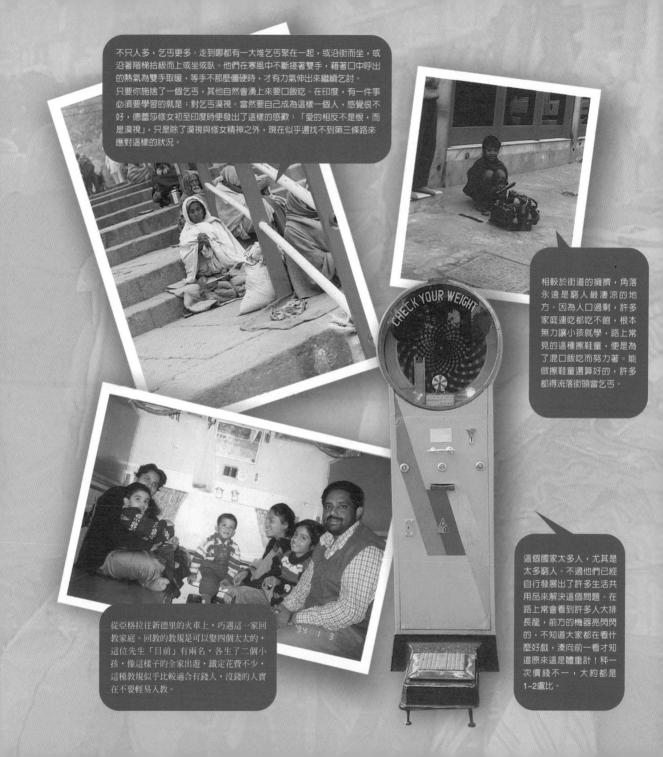

看到肉般，不管你的手如何揮動，他就是要在肉上嗡嗡轉個不停。再不然就是全身都帶著絕望，只剩眼睛還有一絲希望的乞丐過來行乞，如果你眞以爲自己就是那乞丐的最後一絲希望而施捨於他時，接下來要絕望的可能就是你了！因爲接下來會有更多的乞丐像螞蟻雄兵般，突然從四面八方的泥土地上湧來，一秒鐘前他們都還不在你身邊，但只因爲你施捨的這決定性的一秒，他們似乎像是路上的每一顆砂子都突然間幻化成乞丐一般，把你包圍起來。我就曾經在吃一個印度蛋餅時，被兩個小乞兒包圍，一直到我吃完蛋餅時他們都不願意走開，也不願意讓我離開。

這是網友家那棟公寓的「電梯管理員」。因為人太多，很多人都沒工作，因此許多我們認為不需要有人做的工作都有人在做。就像這個電梯管理員，他的工作就是坐在電梯裏幫別人按要去的樓層，這種事其實大夥自己來便可以了，但如此又多讓三個人有飯吃了！（一天三班制，要輪班）許多計程車也是一樣，大部份的計程車上都有二個司機，一個負責開車，一個專門負責指路、用英文和外地乘客溝通、需要問路時便下車問路，如果全印度有20萬輛計程車，每部車多一個人，那麼就多了20萬個工作機會了！這個人人有飯吃的方法，看來似乎可以獻策給我們現在的新政府，在經濟這麼不景氣，失業率這麼高的狀況下，搞不好這個方法能讓大家都和樂融融了起來，開始實施有錢一起賺運動！

加爾各答的空氣會這麼糟，有一半搞不好是因爲太多人呼吸吐出的二氧化碳造成的。在印度受過十幾天的骯髒空氣訓練，回到台北後頓時覺得台北的空氣實在清新的不得了！

「叭叭叭！一二三！叭叭叭叭叭！」（旋律可自由變化）這是我初到加爾各答時，爲加爾各答作的主題曲，整個城市因爲人和牛的穿梭，讓開車的人只能一路按喇叭，按到手軟也不能將手移開。

一塊錢造就的大財富

「到維多利亞紀念館吧！你只看過晚上的維多利亞博物館，沒看過白天的，晚上的維多利亞紀念館籠罩在多霧的加爾各答中，很有魔力，但白天的很雄偉哦，殖民時期的首都府就是維多利亞紀念館，那時每天下午，駐英大使便站在維多利亞紀念館的草坪上望著外面的維多利亞大道，看著這片被日不落國統治的國土呢！」

我的印度朋友似乎想要趕快帶我們到維多利亞紀念館去，免得他得陪我們在博物館前排隊受苦。在他馬不停蹄的介紹和開車中，我得到的是二度驚訝！維多利亞紀念館前的草坪擠滿了人，大家都在野餐，比起四月天上野公園的賞櫻人潮有過之而無不及，一團一團的人之間幾乎沒有空隙，分不清哪群人是一起的，而哪些人又是另一坨的。

這是在久德浦皇宮遇到的一位老者。基本上他的工作應該就是負責把這些古代王宮貴族使用過的東西，放在那兒給大家看，順便看管，不過旁邊其他的事他可一概不管，也不和任何人說話，不過這樣又是一個工作的缺，馬上又多讓一個人溫飽，實在也滿有趣的！

下圖就是那一包一盧比的香菸糖，嚼起來涼涼的，有點煙草味、又有點牙膏味，總而言之味道非常的怪！為什麼可以成為香菸的代替品，我實在是想不透，做也要做的像一點吧？！香菸糖通常都是整串掛在小舖子前賣的，一排一排的，要就撕下來。

「這是什麼呢？」我撿著地上的垃圾問我的印度朋友，不過這個舉動嚇壞了我的另一個印度朋友，直追著問我爲什麼要撿垃圾。其實我本是很懊惱的，四處都是人的狀況之下讓我開始不安起來，開始覺得我這趟印度之旅，除了人之外將會什麼都沒看到，該去的地方總是沒有去，只能在路上和每一個擦肩而過的人相撞，然後連「對不起」也沒說一聲地又各自往自己要前進的方向走。我低頭思索想著接下來要去哪裏才會沒有人，卻發現印度人不怎麼注重公共清潔的習慣在這裏眞是一覽無疑，除了可以帶走的東西之外，所有野餐的垃圾都留在維多利亞紀念館的草坪上。我一直想要看看印度人的生活，所以刻意安排一個最接近印度生除了香菸糖之外，印度最大宗的糖就是有清新口氣作用的糖果和香料糖，這二種糖果都和印度的飲食有關，印度食物的口味偏重，且幾乎餐餐都有洋蔥，所以薄荷糖之類的糖便顯得很重要，而香料糖則是一絕，因為許多香料本身就有治病的功效，所以香料糖也都能治病，每次我胃痛、頭痛時，網友的媽媽便會拿出許多香料法寶為我解除疼痛。

活的旅程，住印度人家、住印度人旅館、坐印度人常坐的人力車、冒著可能得到瘧疾的危險，跟著印度人吃路邊攤，跟著印度人對所有的乞丐一視同仁——漠視，但此時，不正是了解印度人的最佳時機嗎？他們平常都做些什麼？從他們留下來的垃圾必然可以看出一些端倪。

這個方法是從我那關愛女兒過度的媽媽那兒學來的，我記得國中時，她常常翻動我的垃圾筒，想要看看青春期的女兒是否也有寫壞了而揉掉的情書，或是覺得寫得不好而撕掉重寫的日記等等，從垃圾筒跑出來的蛛絲馬跡，都能讓她推論她的女兒最近正在做啥。

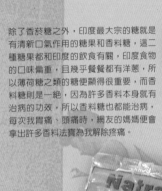

「是香菸！」

「這是糖吧！怎麼會是香菸呢？」

「可別小看這個行業哦！在印度做這個可是會賺大錢的！這是香菸糖，代替香菸的糖。」

「哦……我知道了，戒菸用的！」

「不！是抽菸用的。不過不是眞的抽菸。因爲印度人普遍都很窮，所以買不起香菸，但是這個糖一個才一塊錢，大家都買得起，所以這個可以說是印度香煙哦！」

「那這個呢？」我撿起另一個小包裝袋繼續問。

「也是香菸糖啊！」

因為沒錢，所以就和整型無緣

連續撿到將近十個不一樣的包裝都是香菸糖，讓我眞的體會到這個菸糖工業在印度的龐大，但更讓人不可思議的是，這個國家的窮困可說是到了可怕的程度，而且很可能無邊無盡。一包香菸合台幣大約四十五元，但一個還算收入不錯的工作是一天合台幣大約一百元，小孩子上學，政府的補助少之又少，平均

這是卡莉女神廟旁邊，難得一見的香菸舖，店裏有好多種香菸，老板自己也捲菸出售。印度的捲菸是用一種特殊的葉子，和我們一般用紙捲的不同（記住一個原則就對了：紙很貴，所以有可以替換的代替品，就會盡量拿來利用），捲菸老闆的笑容是全印度平民最燦爛的笑容，之後再也沒看到過了！

每個上學的孩子家裏每個月需要負擔一千元。如果是回教的家庭，就有可能陷入萬劫不復的深淵，因爲他有可能會有四個老婆，十幾個孩子，而只有爸爸一人在工作。

「這個國家永遠不會富裕吧？即使是要溫飽都難吧？」

回朋友家的路上我和波波忍不住討論起來。除了人還是人，原本就窮得只能吃半碗飯了，因爲更多人的分食，變成只能吃四分之一或六分之一碗，一天比一天窮困，永無翻身的日子，連街上看到的房子許多都是殖民時期留下來的，要不就是近百年的建築或土屋，因爲他們根本沒有錢再蓋新房子，街道景觀很可能和五十年前沒什麼兩樣，即使買到一本五十年前出版的印度旅遊指南和地圖，現在很可能都還適用，窮困讓所有的事情都很難獲得改變，就像沒錢的人永遠別想要整型，只能接受上帝最初賜予的容顏。不過，我看著我的印度網友和他的朋友時而露出的燦爛笑容，還有街上看起來總是快快樂樂的學生，或許，最後能夠讓他們有所改變的，就是接受教育吧！畢竟，在這樣的開發中國家，知識，眞的可以改變命運！

有些事得告訴你

1. 絕對不要施捨乞丐。不是要教你沒同情心，只是這樣會引來數十個乞丐，怎麼給都給不完。
2. 在印度不管是坐人力車、摩托計程車、計程車、公車……任何在路上行駛的交通工具，都要記得找個把手好好的抓牢，台北的交通不可怕，去到印度才體會什麼叫交通亂象。

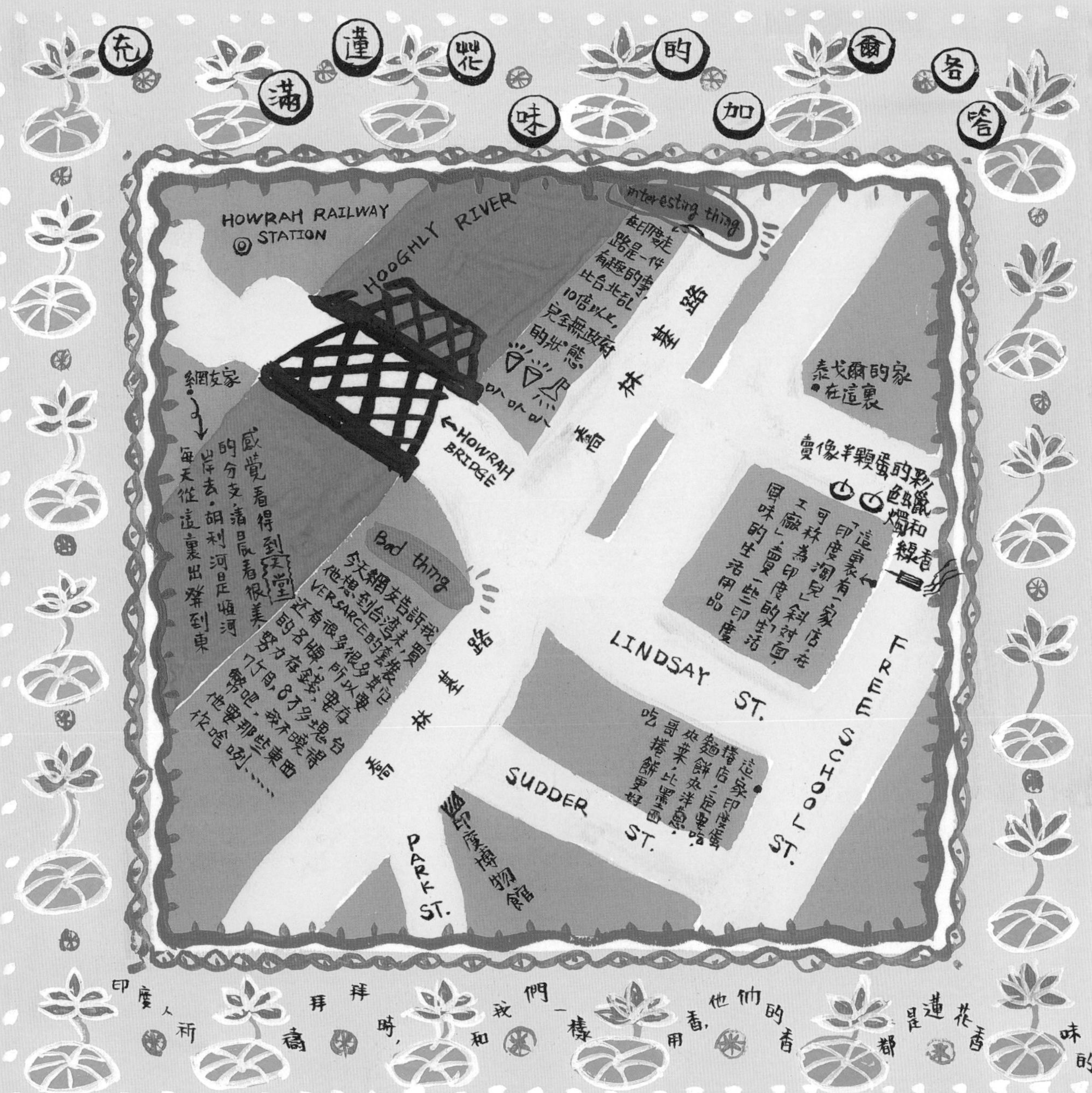
充滿蓮花味的加爾各答
HOWRAH RAILWAY STATION
HOOGHLY RIVER
interesting thing
在印度走路是一件有趣的事，比台北亂10倍以上，完全無政府的狀態
叭叭叭
喬林基路
泰戈爾的家在這裏
賣像半顆蛋的彩色蠟燭和線香
←HOWRAH BRIDGE
網友家
每天從這裏出發到東岸去，胡利河是恆河的分支，清晨看很美，感覺看得到天堂
Bad thing
今天網友告訴我，他想到台灣來，買VERSARCE的套裝，其它還有很多很多的名牌，所以要努力存錢，要存7個月，8萬多塊台幣吧，我不曉得他要那些東西做啥咧……
喬林基路
「這裏有一家店，在「印度淘兒」斜對面，可稱為「印度的生活工廠」，賣一些印度風味的生活用品
LINDSAY ST.
FREE SCHOOL ST.
這家印度蛋捲店，一定要點麵餅夾洋蔥，夾菜，比墨西哥捲餅更好吃
SUDDER ST.
PARK ST.
印度博物館
印度人祈禱拜拜時，和我們一樣用香，他們的香都是蓮花香味的

做愛萬歲

感官世界裏的阿部定只是小case吧！這裏的人拜陽具才酷呢！

「這裏面還是拜卡莉女神嗎？」

卡莉女神廟附近圍繞著數量最龐大的加爾各答難民和遊民，爲了看看這些貧民區的生活，我決定去卡莉女神廟。而且這裏千百年來如一日地保存了很傳統的祭典儀式，由於卡莉女神嗜血又常常發脾氣，大家怕惹惱了她，所以恭恭敬敬地每天都要宰活羊，用鮮血祭拜她，這樣的儀式古老到有點令人害怕。

「比關公還紅的臉頰、像二郎神般有三隻眼、兩顆虎牙外露，又尖又利、手中拿著三叉戟、動不動就發脾氣……」這是卡莉女神給我的第一印象，見到時我打心底發抖，連參拜的力氣都不太有，而且也不太敢參拜，我總覺得如果拜了，這女神這麼愛發脾氣，會不會即使只是拜拜表達敬意，求個平安而已，都得付出代價？但不拜嘛……大老遠從台灣跑到印度，卻又對人家的神祇心懷不敬未免也說不過去，掙扎了好久還是拜吧，而且廟公一叫我捐錢，我馬上二話不說地先請我的印度朋友借錢給我，我心裏暗想著，內堂如果還是祭拜卡莉女神的話，我打死都不要再進去了！不過印度

這就是卡莉女神。進卡莉女神廟是不准拍照的，這張照片是在廟旁小攤子上買的。至於為什麼他們能幫女神拍照，然後再拿來賺觀光客的錢，這我就不太清楚了。那三隻紅紅銳利的眼睛，現在看了還是會怕怕的！剛到印度時，一出機場，就看到一個小女孩，眼睛長的就像這樣，又大又長，目光深邃銳利，額頭上貼了個熊熊烈焰的圖騰，整個眼神就好像要把我吸進去似的，著實讓我打了個冷顫，問題是我又無法把目光從她身上移開，現在想起來還是有那種被吸進無底洞的感覺。

朋友給我的答案倒是出乎意料。

「哦，不！裏面拜的是她老公——破壞神。這是印度三大神祇之一！『大梵天』是創造這個世界的神；『毘濕奴』是保護這世界的神，是保護神；『濕婆』是破壞神，專司毀滅，當然換個角度來說就是重生。」

卡莉女神廟旁邊還販售印度衆神的照片，數量之多之盛大，有點像去東京台場的富士電視台買傑尼士家族的偶像照，就差沒弄個照片貼紙機，讓遊客和衆神合照而已！印度的神祇和希臘很像，而且衆神發情的次數都比希臘神話裏的宙斯還要多。現在看到的是保護神毘濕奴和她的妻子，妻子叫什麼名字呢？對不起，他的妻子太多，我實在搞不清楚現在他身邊這位是哪一位了！

連神祇都有哲學在裏面，果然是印度人！

我一直覺得印度出了這麼多宗教家和哲學家，這個國家一定是隨便一個人講一句話都富含哲理，這雖然是我自己浪漫的幻想，但連一個神祇的個性都這麼寓意深遠——是毀滅也是重生、是句點也是起點，這個國家會孕育這麼多哲學家和宗教家，也是其來有自。

「這麼說我倒是很想看看這樣一個女神的老公，到底長什麼樣子！」

自神廟正堂的走廊繞過，來到內堂，準備一睹破壞神的風采，好奇不知什麼樣的臉龐才能與那麼霹靂的老婆互相抗衡，迎面而來的景象給我的錯愕倒是完全不輸給剛剛的卡莉女神。

「不是要拜破壞神濕婆嗎？爲什麼這麼多人都對著一根黑色的小柱子拜呢？」

「這就是破壞神啊！」

這就是「靈伽」——破壞神的命根子。「靈伽」這個符號在印度，已經變成了力量的象徵，所以許多桌布、窗簾等都印上靈伽。只是帶回台灣後，朋友一致認為…這…只有這麼長嗎？

「原來破壞神是一根黑柱子，不是人啊！這樣一個女神的老公果然是很特別的！」

「哦，不！破壞神也是人的樣子，這是他的化身——靈伽，通常破壞神都以靈伽的形象出現，比較少以眞面目示人，以後你在印度其它地方的廟裏看到這個靈伽，就代表破壞神。」

「爲什麼要化身成一根黑柱子呢？有什麼故事嗎？」

「那不是黑柱子，那是破壞神的生殖器，男性的生殖器在印度就叫『靈伽』(Linga)。」

「哦……這樣子啊……」

我這麼敷衍的回答，是因爲完全不知道該對這個答案做什麼反應。想到十幾年前第一次看日本導演大島渚的〈感官世界〉時，最後一幕女主角阿部定把男主角的生殖器割下走在路上時，我眞的跑去廁所乾嘔了許久，而現在眼前的這一幕更酷了，不只取下神的生殖器，還供

卡莉女神廟旁，聚集了許多無家可歸的遊民及乞丐。他們只能用幾片木板釘成一個床，然後拿塊布遮著，白天到廟裏搶食物吃，晚上便睡在木板床上互相擁抱取暖，病到不行的時候，旁邊就是德蕾莎修女的濟貧者醫院。

在廟裡膜拜著，仔細想來也沒錯，如果破壞神代表的是毀滅，而毀滅又等於重生的話，那麼破壞神也應該代表「生」的力量，在男性身上能夠擁有這項功能的最直接聯想，當然就是生殖器囉！印度人民二千年來都受印度教文化的薰陶，如果印度教文化這麼重視生殖的力量，那麼印度人民爲什麼這麼重視「性」事，還有印度爲什麼已經有這麼多人了，還要再繼續生這麼多人，這兩件事似乎同時都有了解答。

卡瑪舒坦與印度神油

「你最想要帶什麼東西回台灣？」

想起初到印度時，我的印度朋友這麼問我。

「卡瑪舒坦與印度神油，到哪裏才買得到？」

我不假思索的回答，腦子裏還不斷湧出要離開台灣到印度前，所有男性朋友一

印度很早就使用精油。尤其是「Ylang Ylang」更是從很早以前的印度流傳至今的植物精油。找不到印度神油回台灣交差的我，現在還深深地懷疑，這就是所謂的印度神油。因為精油的二大品牌——Body Shop、Aveda，都標明Ylang Ylang這種精油對男性有振慾功能，所以姑且就認定它是傳說中的「印度神油」吧！

致要求的小禮物。

「幫我買瓶印度神油吧！聽說效果奇好無比，用了之後可是一夜七次郎沒問題呢！」

男性朋友一致對印度神油懷抱著無窮的「性幻想」，彷彿每個都用過威而鋼卻沒見效，而把所有的希望都寄托在印度神油上。

「買《卡瑪舒坦》啦！聽說古代后妃要抓住帝王的心，就全靠這本性愛寶典呢！裏面記載的姿勢可都會讓男人欲死欲仙哦！」

女性朋友則除了替男友預訂印度神油以增加自己的幸福外，《卡瑪舒坦》則是另一個超人氣情趣商品。

「《卡瑪舒坦》沒問題，書攤買就有，但是印度神油嘛……什麼是印度神油啊？我是印度人怎麼都沒聽過呢？」

印度朋友的答案倒是令人驚訝了，那坊間一直盛傳的印度神油到底是什麼東

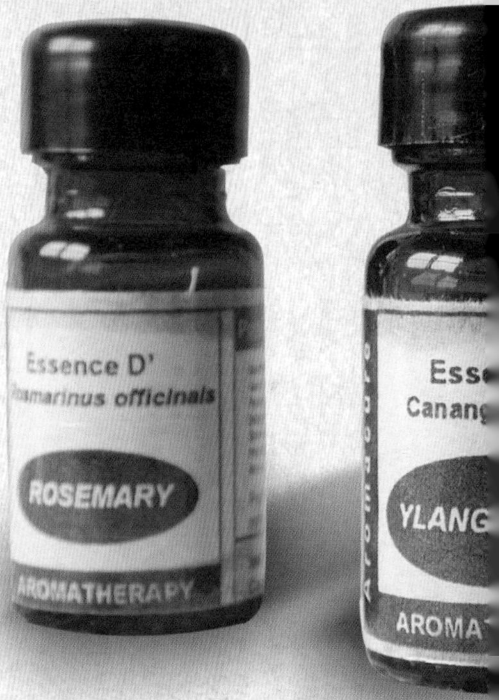

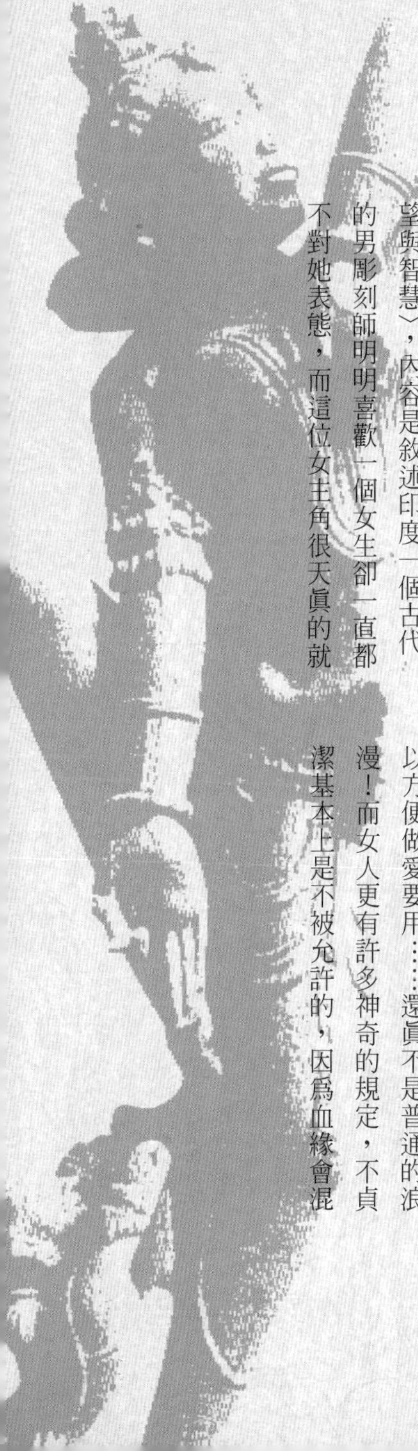

西？總而言之，帶印度神油回去的任務是完成不了了，只剩《卡瑪舒坦》可以帶走，印度神油成爲這趟來印度的夢幻逸品，日後對它的定位也只能說是「傳說中的」印度神油罷了……

第一次接觸到《卡瑪舒坦》是偶然從一部印度電影裏得知的。電影名稱叫〈慾望與智慧〉，內容是敘述印度一個古代的男彫刻師明明喜歡一個女生卻一直都不對她表態，而這位女主角很天真的就認爲是自己沒有魅力，所以求教於一位專門教卡瑪舒坦的老師，希望這位老師傳授她讓男人離不開她的床上功夫。看到這部電影時眞覺得ㄅㄧㄤ、的不得了，居然印度在古代就有這種專門教授人家床上功夫的職業！《卡瑪舒坦》（Kama Sutra，Kama在古印度語裏就是「慾」的意思）是二千年前就流傳下來的印度性愛寶典，裏面除了記載了數十種性愛姿勢之外，另外還有記載男性和女性各自應該遵守的「夫道」和「婦道」，這些「夫道」和「婦道」可不只是什麼三從四德之類的，每個人的責任歸屬可是劃分的清清楚楚的，諸如它要一個男人在完成學業後，就應該要致力於賺錢，然後在市區買個大房子，房子還得要有前後花園，花園裏還得擺張床以方便做愛要用……還眞不是普通的浪漫！而女人更有許多神奇的規定，不貞潔基本上是不被允許的，因爲血緣會混

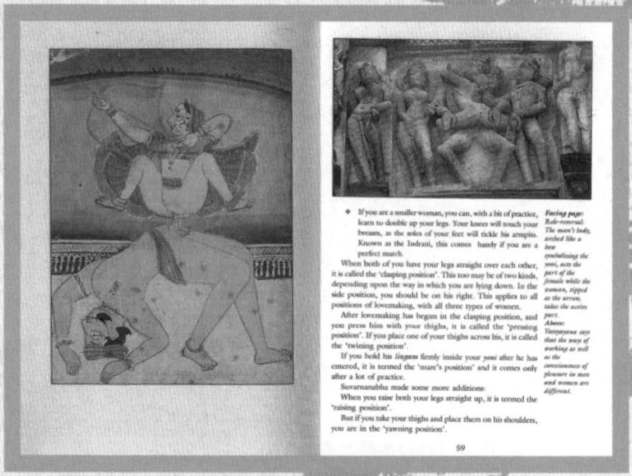

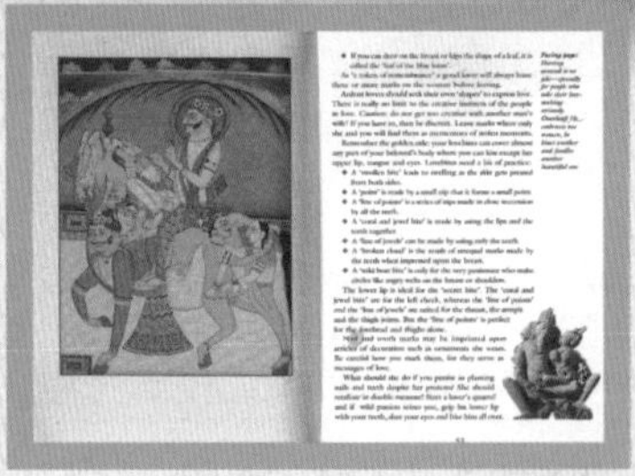

傳說中的《卡瑪舒坦》，一本人間智慧的結晶，性愛的寶典。寶典既出，大家當然眼睛都盯傻了，我還廢話什麼呢！看照片吧！

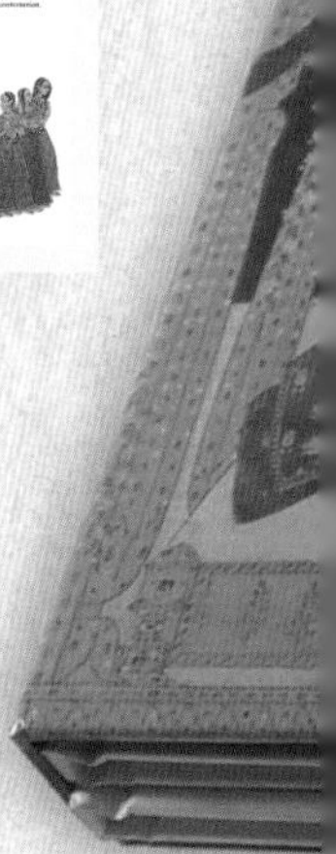

亂，種姓制度會被破壞，但它裏面又規定，如果不讓自己的丈夫知道，而且可以賺到一大筆錢，那麼通姦的行爲就是被允許的……諸如此類怪異的性規定和性姿勢（有些姿勢可得學過瑜珈才能做，隨便就亂來命根子是有可能不保的喲！）流傳了二千年，無非是要印度人好好享受性，只要不超越某種規範，性的快樂是人生最値得追求的喜悅之一，那是一種慾，除了Kama之外，其它値得追求的只有名利（Artha義）、義務和道德規範（達摩Dharma）、脫離輪迴（Moksha解脫），印度神話裏的神祇在年輕時候就是追求名利和性慾，接著才是苦修追求達摩和脫離俗世與輪迴，印度神話裏就有一大半是神的發情史，而生殖能力也是神力的表徵之一，所有的神都有一夜七次郎的本事，而生命更是只有神才能賦予的，卡莉女神廟後面有一個水池，是「生育池」，傳說中要是有婦女不孕，只要浸身在這個池子裏，就能懷孕，不孕是因爲有鬼怪作祟，卡莉女神的壞脾氣會讓這些鬼怪嚇得無影無蹤，也因此，孩子在印度被視爲是神賜予的禮物。

只做愛不做人，能不能？

「這裏是廚房，每天早上我們都在這裏煮很多的食物分給附近的乞丐。」走出卡莉女神廟正殿，向側殿行進時，廟公指著一間幽暗又濕漉漉的屋子向我們說著卡莉女神廟每天的善舉。

「不過，還是有很多乞丐分不到食物，所以只能撿人家拜拜後丟掉的生蔬菜和水果當食物吃。」廟祝繼續指著出口處一堆衣衫襤褸，正搶著撿像垃圾般被丟棄的生白蘿蔔的小乞兒。

「除了衛生紙在這裏賣不起來之外，保險套在這裏也賣不起來吧！」雖然我明知自己不可能來印度做任何的生意，但還是禁不住這樣想。不只崇尚肉體性慾的滿足，更崇拜生殖能力的旺盛，既然孩子被視爲是神賜予的禮物，有什麼理由要節育？而政府即使看透了人口問題的嚴重性，爲了爭取選票，有誰敢像中國大陸般實行一胎化政策？相信第一個提出這種政策的政府官員鐵定被視爲異端邪說，不是像甘地那樣被暗殺就是被要求下台。追求性愛的歡愉聽起來原本是件浪漫的事，至少這是任何一個古老的民族，都不敢直接承認的大膽原始的正常需求，如果能夠只提倡做愛不提倡做人，豈不是來得更完美？

有些事得告訴你

1. 印度所有的廟都禁止照相，這點絕對白目不得。
2. 參觀廟之後，一定會有人拿著本子要你簽名，不要以為這是要到此一遊的表示，其實是要你捐錢，捐個意思意思，五十盧比就好，就算對方要再多要，也不用再給了。

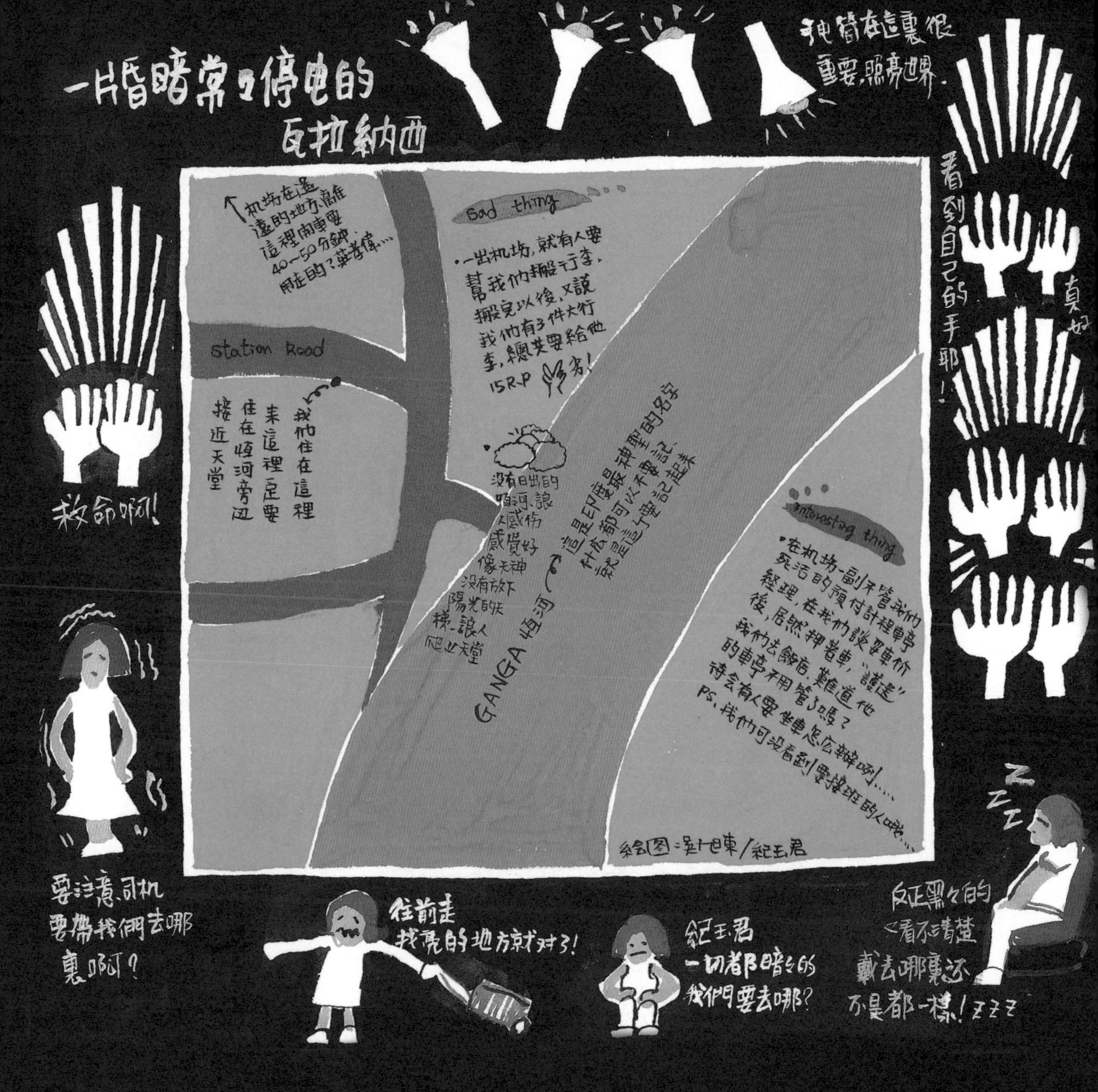

一片昏暗常常停电的
瓦拉納西
神燈在這裏很重要，照亮世界。
看到自己的手耶！
真好
救命啊！
↑机场在遙遠的地方，離在這裡開車要40~50分鐘，用走的？莫非棒…
Sad thing
•一出机场，就有人要幫我們搬行李，搬完以後，又說我們有3件大行李，總共要給他15R-P 好多！
station Road
我們住在這裡
來這裡是要住在恒河旁邊
接近天堂
沒有日出的恒河，讓人感傷
感覺好像天神沒有放下陽光的天梯，讓人爬上天堂
GANGA 恒河
這是印度最神聖的名字，什麼都可以不要記，就是這個要記起來
interesting thing
•在机场，副不管我們死活的預付計程車亭經理，在我們談好車價後，居然押著車，"護送"我們去飯店，難道他的車亭不用管了嗎？待会有人要坐車怎麼辦咧……
PS.我們可沒看到要接班的人哦……
絵圖：吳旭東／紀玉君
要注意司机要帶我們去哪裏啊？
往前走
找亮的地方就對了！
紀玉君
一切都暗暗的
我們要去哪？
反正黑黑的看不清楚
載去哪裏还不是都一樣！zzz

印度，別再叫我媚登

這是你的問題，不是我的問題！

「Madam，請聽我說，這是你的問題，不是我的問題。」

離開加爾各答的第一天，正是離開我的印度朋友，由我和波波自己開始在印度各地旅遊的第一天。我第一項領教到的便是印度人事事分的清清楚楚的習性，接下來的每一天，像這樣的話語不斷地出現在我們耳邊，首先是把我和波波搞得迷糊，到了最後我們幾乎聽到「媚登」這個字就要抓狂。

「Madam，我告訴你們的價錢可是政府公訂的價錢，不是我自己訂的價錢，如果有問題是政府的問題，可不是我的問題，要不要就看你了，不過這個櫃檯可是政府設在機場唯一的櫃檯，你走出機

我英文不太好，但還可以聽得懂這位久德浦的旅館老闆有喜歡我的意思。甚至說要送戒指給我，讓我真的好害怕！不過即使他說得天花亂墜，稱讚我跟稱讚西施一樣，我還是不會受騙，因為印度人事事分明的個性，在他身上完全顯露無疑。他僱了三位……算是傭人吧，每天要幫他掃地、煮飯、餵狗、接待客人，連花園的石砌通路都要蹲下來一塊一塊地用布擦乾淨，重點是工作這麼辛苦也就算了，他們還只能住在廚房的樓梯間下，並沒有房間讓他們睡，而且他們還不能和主人同桌吃飯。那天我心血來潮，說想要在印度的廚房做些中國菜，想追我的老闆當然馬上說好，然後我們就去買一些食材，因為一直都是我在付錢的關係，所以波波就大膽地問了老闆一下，說這一餐要怎麼算，結果這位老闆居然說，材料錢我們出，而他出了調味料和瓦斯以及廚房！他若真心要追我，我也不介意嫁到印度去的話，我們還是不可能在一起，因為這種算法真的清楚到有點恐怖！我永遠記得我做中國菜那一天，他的傭人們一直等到我們吃完，他們才吃我們剩下的東西，一方很認份，一方很理所當然，而我這方卻好想偷偷去買點東西回來給那些傭人吃！如果他們想吃中國菜的話，我也願意自己出錢再做一份給他們。

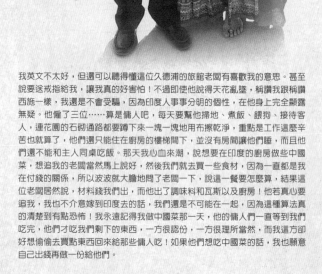

場或許有些司機會開很低的價錢，但是我就不能保證他是否會安全地將你載到目的地了。」

瓦拉納西機場計程車預付亭的經理繼續用著極有禮貌，及非常穩定的神情，爲他自己與所有的問題劃清界線，並表明他已盡到應盡的職責，只是從他口中吐出來所謂的「公訂計程車價格」，卻貴得離譜，好歹我們已在印度生活了好幾天，從印度朋友口中大概也知道印度的平均物價，這種價格的意思其實和公然搶劫是沒什麼兩樣的。

「好吧！既然你說這是公訂價格，不能降價，那就算了！」

我使出自以爲是的台灣人殺價手法，開始擺酷，心想裝出一副沒啥稀罕的樣子準把他嚇得自動降價。

「算了？Madam，你說算了的意思就是不坐計程車了，那你要怎麼去你要去的飯店呢？」

「再說吧！我可以坐其他交通工具，像是公車啦……嗯……或許用走的吧！」

「好！隨你吧！」

這下沒嚇到他，倒是嚇到我了！我沒想到他的態度居然這麼強硬，眞的是在價錢上沒有任何空間。不過既然已經要擺酷了，我也得裝像一點，我和波波繼續裝做一副無所謂的樣子，拉著行李準備走出機場。還沒走到機場外就已經被嚇得半死，首先是整個機場大停電，除了身邊不斷人來人往的聲音、持續不斷從機場外頭傳來的喧囂喊價聲，及偶爾不知道是不小心還是故意的碰撞外，其餘什麼都感覺不到。我們開始緊緊抱著我們的行李，深怕一個不小心的碰撞就有可能被洗劫一空。機場外許多計程車司機摸黑中仍舊一直詢問著我的去處並不斷地和我講價，突然間燈亮了，結束了一段爲時不算太短的停電，而機場外的景象也挺嚇人的！外頭漆黑一片，機場外全部的司機都圍著我不斷地喊出各種價錢，那種情景簡直比許多人圍著你逼婚更令人害怕！

「請帶我到國際飯店去，謝謝！」

「Madam，好的！」

我心不甘情不願地回到機場預付亭櫃台，厚著臉皮承認我需要一台車，而這個動作也在在證明了我正打算爲我剛才的愚蠢付款。不過從機場到飯店，車子大概走了四十分鐘，一路上兩旁幾乎都沒有電，車燈反而成爲主要的光源，我才知道當時我說要用走的時候，機場預付亭的經理曾露出詭異的笑容是爲了什麼，當時我只覺得他就是要騙我的錢，現在才知道，當我那句話一說出口時，他馬上知道我的錢一定會到他手上的，畢竟一個正常人是不會想要用走的來走這一段路的，就算你想拚了老命走也走不到，沒有燈，沒有路標，連計程車都要開四十分鐘，他當時一定覺得這麼離譜的話居然真的有人說得出來！

印度「媚登瘋」

「Madam，請聽我說，飛機誤點太久或停飛不是我的問題，那並不是我造成的，如果飛機誤點，我能做的只是請司機再帶你們回來而已，其實那是你們自己的問題！」

「我們的問題？你說飛機停飛是我們的問題？」

旅館裡負責旅客所有住房相關事宜的經理正在爲自己的飛機是否會誤點過久，或停飛的事劃清界線，我開始有點習慣，印度人可能先天帶有被害妄想症的因子，所以遇到什麼事都非得趕快撇清關係，不過現在他居然說飛機誤點是我們自己的問題，那麼我好不容易熄掉的一把怒火，實在是不得已地馬上春風吹又生了！

「什麼叫飛機停飛是我們的問題？我請你

幫我們確認航空公司當日起飛的時間是否有更改，你也告訴我航空公司說一切都和原訂時刻相同，現在你又告訴我如果飛機停飛是我的問題？」

「Madam，請聽我說，全世界沒有人會知道飛機會不會出問題，會不會誤點或停飛，你要我怎麼向你保證航空公司說當天的飛機沒有問題，到時候飛機眞的就一點問題都沒有？」

「所以我應該要花錢坐特別貴的計程車到機場，發現飛機停飛，然後就乖乖等在機場，等到三天後飛機再來？這就是我的問題？」

「Madam，是的！這就是你會遇上的問題，但你這個問題我很樂意幫你解決，那就是請計程車司機等在機場外，萬一你們去到機場發現班機時間突然改了，你們就可以再坐計程車回來，您同意嗎？」

我開始有點佩服這個經理了。我已經怒火高漲，講話口氣也很不好了，不過他還是繼續用著極爲禮貌及紳士的口吻，向我說明以他的邏輯而言，他將如何進行這件事情的責任義務劃分。既然如此，我想也只能照他的安排，而且他講的話其實也沒有不對，只是那種怕我陷害他及怕我不認帳的責任劃分法讓我著實的不舒服極了……

「好吧！不過我們可以再要求是昨天帶我們出城的那位計程車司機嗎？」

昨日那位帶著我們出城四處晃的計程車老伯，人還算不錯，一心想著要讓那個老伯多賺一點的波波，提出了最後一個要求。

「Madam，那是我的問題，不是你們的問題。」

我眞的要抓狂了，什麼叫這是他的問題，不是我的問題，意思就是要我們少管閒事囉？不過這回我忍住不說了，因爲他說的的確也沒錯，如何分配司機是只要出家修行，人就可以不再有階級之分，我不知道恒河畔那麼多修行者，是不是有人為了不願再承受種姓制度帶來的限制，毅然出家修行？如果真是這樣，雖然修行也很苦，但至少不再有原罪的束縛。

他們飯店的事，也許那位司機到時要排別的班也不一定，我們怎麼管得著？只是我眞的覺得，只要有人再繼續跟我講「Madam，這是××的問題，不是××的問題！」，不用聽完一整句，只要「Madam」一出口，那種又禮貌又平靜又堅毅的口氣，一聽我就會知道他們又要劃清界線了，而我也眞的要得「媚登瘋」了！

血緣是行事的規則，也是最暴力的關係。

我百思不解印度人事事模糊，但對於責任劃分卻是清清楚楚的個性。我也多少受到西方思想的影響，很多責任劃分的事也覺得先講清楚比較好，畢竟咱們中國人也有「親兄弟明算帳」的古訓，只是他們這種方式也未免太過火了吧！

但一想到影響印度人二千年的「種姓制度」，他們會有這樣的想法與邏輯也是

很自然的一件事吧！

完整的種姓制度在印度的社會裏是很難被定義的，因爲他包括什麼樣的人就該做什麼樣的工作，該怎麼吃、該怎麼拜拜……實在頗爲複雜，古今中外至今還沒有任何一個學者可以爲它下個明確的定義，勉強來說，就說是血緣造成的分級制度好了！種姓制度大致粗分爲四個階級，由上往下依序爲：婆羅門、剎帝利、吠舍、首陀羅，另外有一個階級基本上因爲不被當人看，所以就不算在階級裏，那就是「賤民」，英文名字叫做「Untouchable」，連摸都摸不得，這可夠賤了吧！婆羅門地位和神一樣崇高，他們是祭司，印度人的生活基本上是以宗教爲重心，所以祭司的地位是非常高尚的，剎帝利基本上就是武士或是貴族，各土邦的國王也是剎帝利，而吠舍就是農人、商人之類，這三層種姓是「再生種姓」，也就是說只要你多做善事，多唸誦印度教經典，下輩子就有可能變成更好的階級，反之亦然，不過首陀羅以下的階級就沒有再生的權利，他們通常是戰敗的俘虜，他們的子子孫孫永遠都是俘虜，而不管他們這一生如何善良，他們下輩子也只能是首陀羅，至於賤民就更慘了，總而言之他們連人都不是，所以基本上是要被排除在一邊不討論的，他們通常是混血兒或是高等階級的女生嫁給低等階級的男生所組成的。

各個階級都有他們自己的規範，婆羅門被規定不能喝酒，不能接受首陀羅以下的階級給予的食物，如果他違反這些規定，不僅要受到許多懲罰，各個階級的人也都會看不起他，從此以後他也會變成一個賤民，一個人人摸都摸不得的人！如果一個首陀羅向婆羅門抗議，就得受熱油灌耳及灌口的苦刑；敢在婆羅門面前放屁，就得接受割肛門的苦刑，以下類推，如果在婆羅門面前尿尿……

就建議他來中國當太監吧！如果首陀羅用盡各種方式想要跳到別的階級，他也會被所有階級唾棄，連首陀羅都當不成！

出身在什麼樣的人家就決定你是個怎樣的人，決定你將會如何被對待，這世上再也沒有比這更暴力的事了吧！我所說的暴力並不是眞的打罵殺伐，我想大家應該了解我要說的其實是：從要不要投胎開始，你就已經註定無法靠自由意志決定任何一件事的無奈，我認爲那是世界上最恐怖的暴力！每一分鐘的生活方式都因自己的血緣而過著，不允許做任何的改變，不能換別的職業（所以如果很巧的一個人的爸爸是小偷，他打死都得當小偷，如果一個人的爸爸是乞丐，就算他技術很好，能夠靠乞討致富，也不能轉行，還是得當乞丐，這實在太扯了……）不能和你愛或你喜歡的人結婚甚至只是做朋友也不行，我想世界上沒有比這更悲哀的事了，那是別人訂下的遊戲規則，你不想玩卻不行。

難怪印度從古代至今都有這麼多苦行僧，我想很多人對印度的印象應該都有衣不蔽體、瘦如柴骨、赤腳亂髮、靠行乞爲生的苦行僧畫面存在，因爲包括佛陀也是這樣走過來成佛的，只要當個苦行僧，你就有脫離種姓制度的權利，只要當個苦行僧，你就可以擺脫被當成「物種」來分類，因爲你已經開始在修行，你已經準備擺脫前世的業障、今世的慾望，如果你修行成功，你將會擺脫輪迴的束縛。

這樣一套制度二千年來一直影響著印度，雖然隨著社會的變遷，這個制度不得不發生化學變化，但是基本上「什麼樣的人做什麼樣的事」早已內化成一個國家或民族的觀念，它會影響印度人生活上的每件事，對印度人來說頗爲重要的經典——《薄伽梵歌》（到底多重要呢？就像中國的《唐詩三百首》，人人都能朗朗上口），就有明文規定：即使自己的工作非常低賤，也要做好自己份內的事，即使別人的工作很高尚也不要覬覦別人的事，萬一爲了自己的工作而死就是另一種生的開始，要是爲了別人的工作而活則是死亡的開端。所以如果你是一個打字員，你就可以拒絕抄寫，如果你到餐廳應徵服務生，那麼你就可以拒絕打掃廁所！安守本份成爲印度人很重要的觀念之一，所以如何劃分「本份」也成了很重要的一件事，如此解釋我在印度爲什麼會一直遇到責任劃分的問題也就可想而知了。在亞格拉的火車站上，火車站的經理就執意要幫我們查補位，並爲我們找到位置之後才離開，要給他小費謝謝他，他也不收，只回答這是他的工作。是的，他盡忠職守，所以他有責任爲我們處理補位事宜，但他也不會多做別人該做的工作，就像他看

正要幫波波祈福的老先生，就是古代種姓最高階層——婆羅門，也就是祭師。大部份的婆羅門現在都只能在恒河畔看到了，恒河畔的衆多火葬場會較需要婆羅門的存在，而一些觀光客也會湊熱鬧地想讓婆羅門以古法為他們祈福。婆羅門會在後頸處留條小辮子，這位老先生戴著毛帽所以看不出來。風水輪流轉，以前種姓階級的最上層，現在卻是最窮困的一群，恒河畔一整排的婆羅門聚集，都是在討同樣一門生意，客源這麼分散，怎能讓他們多溫飽呢？

到我們兩個女生扛著四箱笨重的行李在火車站上樓下樓，他完全不會幫任何忙，因爲那是扛行李的人的工作，不是他的，他極有可能不是不願意做，而是根本認爲他不應該做！

別和印度人比，否則全世界都是不安份子！

「Madam，聽我說，布有髒點不是我的問題，那是布本身的問題。」

在久德浦的鐘塔市集內，布商正在向我們解釋布上面的髒點與他無關。

「我知道那不是你的問題，問題是我需要一塊乾淨的布做裙子，而你給我的布卻有問題。」

已經開始了解印度人責任劃分邏輯的我，開始和他繞起彎子。

「Madam，是這樣的，這是你的問題，你應該在布做成裙子之前就先檢查布有沒有問題，現在已經做成裙子了，你才說布有問題，這就是你的問題了。」

「我沒有先檢查布料的問題，所以現在裙子有問題變成我的問題？要檢查是不是？好！我現在馬上檢查你的布料，我保證它通通都會有問題，每塊我都不滿意，這下變成你的問題了吧？」

原來不管你怎麼了解他們的邏輯，和他們說來說去還是會變成自己的問題，那麼我也只好使出恰查某的風範，準備讓他吃不完兜著走！

「Madam，班機要誤點不是我的問題，不過待會兒本航空公司會招待你們吃晚餐。」

久德浦機場的櫃台人員仍舊在解釋班機誤點和他們無關，連續誤點兩次的印度航空公司（每次誤點都超過五個小時），除了告訴你那與他們無關之外，就是請吃飯，但從來沒有一個人解釋爲什麼飛機會誤點，因爲那不是他們的責任，那是飛機的責任，只可惜飛機不會說話，所以不能解釋也是自然且沒辦法的事……

我依舊會忍不住對各種這樣的情況破口大罵，不過事後回想當時的狀況，總會想起一旁的印度人似乎永遠是泰然自若的，只有我們這些外國人暴跳如雷。我想起曾在電視播過的大陸電視劇——〈亂世英雄呂不韋〉，在古代士農工商的階級劃分之下，商人地位之卑賤就像印度的首陀羅，如果呂不韋是個印度人，

印度人事事分得清清楚楚的個性，從卡片上就可一覽無疑。當我第一次到印度最大的文具店時，因為沒想過印度人這麼愛寫卡片，已經為規模嚇人的卡片區驚訝不已了，後來又發現卡片區裏面不只將什麼生日卡、感恩卡……等，用途分得很清楚之外，連要給誰的卡片都分得很清楚，上面還印好了給舅舅、給爸爸、給公公的、婆婆的，只要叫得出來的稱謂，都可以在卡片區裏佔個角落。

就不會有秦始皇的誕生，偏巧呂不韋就是個很會鑽營的中國人，所以他把自己的愛妻送給秦王，也把尚在愛妻肚子裏的生命栽給秦王，他捨妻棄兒的原因只有一個，他不願意自己的兒子再當商人再被瞧不起，他要他之後的世世代代都活得有尊嚴，總而言之，他要跳級。像法國大革命那樣由平民起來反抗貴族的事絕對不會發生在印度，印度歷史上只聽過王殺王，還沒聽過人民大暴動的，就連近代對英國爭取獨立，也是由一群剎帝利帶頭的（甘地就是剎帝利階級），這樣一比較之下，世界上除了印度之外，似乎其它民族和國家都顯得非常不安份……

不過說來說去，我還是覺得印度人這招有時也是挺管用的，尤其是在推卸責任的時候，所以如果有人向我反應這本書寫的不好，那麼我也可以仿效印度人的說法：「Madam & Sir，看不懂是你們的問題，不是我的問題，做爲一個寫書者，我並沒有打算讓別人看不懂，而我確實也把書寫完了，所以問題與我無關，但你的確沒有盡到看懂的義務與責任，所以這是你的問題。」我知道有人要打我了……別打！我只是依照印度人的方式沙盤推演一下而已嘛……

有些事得告訴你

1. 最好坐飯店或機場預付亭的計程車，雖然貴了點，但總比被載到不知名的地方去好多了。
2. 到印度去記得一定要帶手電筒，尤其是瓦拉納西，是個不斷停電的地方。

神蹟處處的瓦拉納西

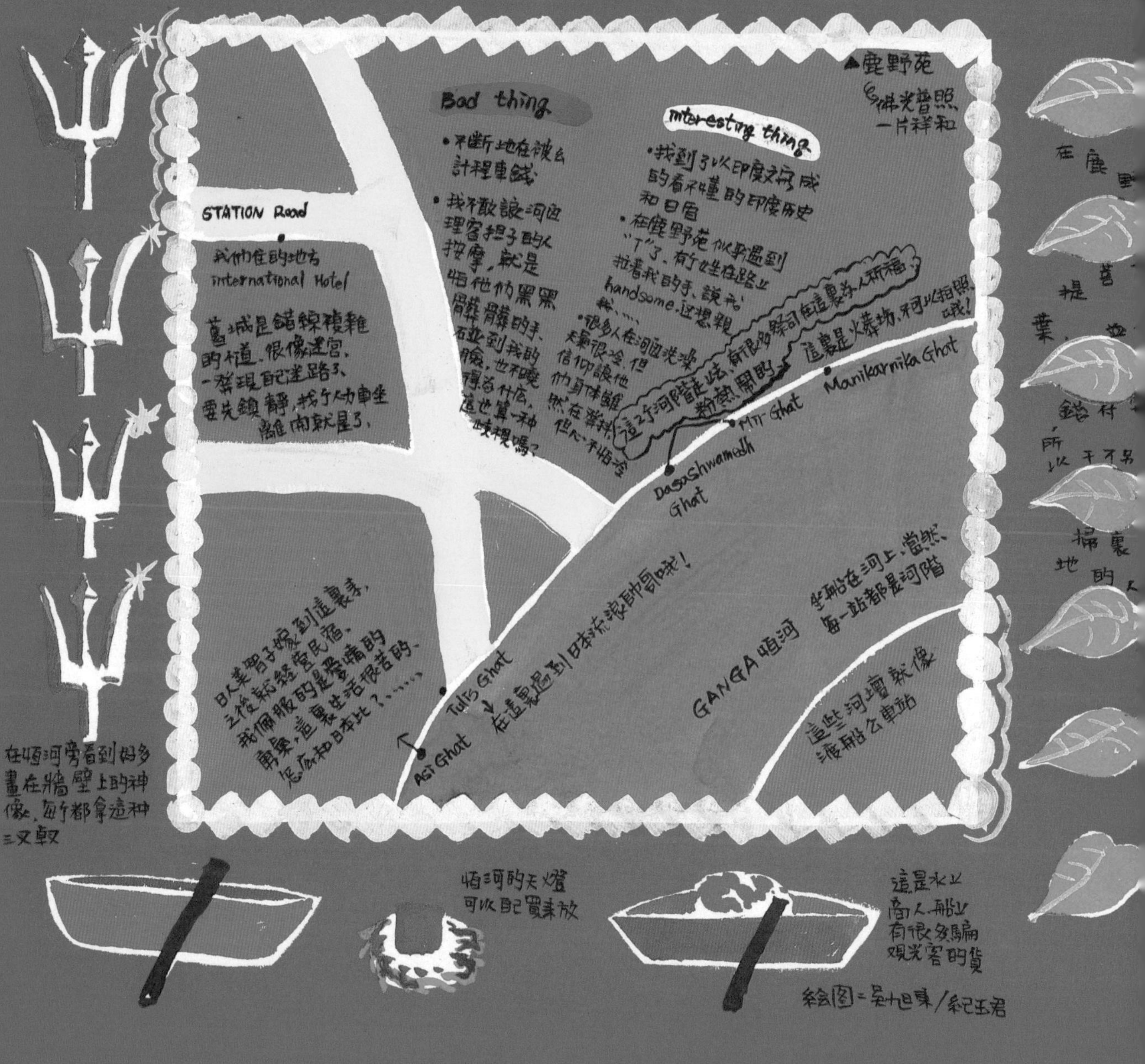

繪圖＝吳旭東／紀玉君

暴力美學大本營

這就是世界七大奇景之一的泰姬瑪哈陵，整座白色的建築，不攙雜任何其它顏色，因為整棟都是白色大理石構成，會有大量的反光，整座建築會籠罩在一團小小的白色光暈裏，和一般大教堂的白色水泥漆建築相較，聖潔度大增，而莊嚴度和尊貴度似乎又更勝幾分。「4」對回教來說是個神聖的數字，可能與代表回教徒一直在追求的一種秩序美有關——平衡、對稱、平穩。所以主殿旁邊便有四支小圓塔，而主殿上也有四座尖塔，庭園設計利用中央的水池和樹木，讓花園和水池都變成四等分的四方形，而水池也剛好讓泰姬瑪哈陵在水中映出美麗又對稱的倒影。主殿大門用水晶、翡翠、紅寶石等鑲嵌出花紋，據說那是茉莉花，是泰姬生前最喜愛的花卉。（「據說」的原因是我怎麼看都看不出那是茉莉花）茉莉花旁邊是回教的《可蘭經》，這棟建築的設計師真的很細心，這些《可蘭經》的字體是上大下小的，因為殿門高，如果設計一樣大的話，由下往上看反而會覺得上面的字體太小，而現在的設計，便是讓它在視覺上看起來都會一樣大。主殿兩側有二座清真寺，沒有特別意義，只是為了再度達到平衡效果。

不相信永遠的戀人，去吧！去印度找永遠！

「這就是泰姬瑪哈陵啊……真是令人起雞皮疙瘩……」

一跨出泰姬瑪哈陵入口處的大門，我就被它的氣勢嚇得全身雞皮疙瘩都起來了，接著開始有點心悸加上腿軟，有好長一下子我實在是不能動。再來便是愈接近它，心悸就愈嚴重，我就有點愈走不動，對我這個做事永遠虎頭老鼠尾，很少對任何事執著的人來說，這建築完全就是在向我的「不必太在意」哲學宣

戰，它屹立在那兒向世人宣告他們決定的事就沒有轉圜的餘地，這簡直就可以用恐怖來形容。

泰姬瑪哈陵是世界七大奇景之一，光是這建築就不知爲印度賺進多少觀光財，它的偉大除了建築本身之外，更因爲它背後那則淒美的愛情故事，它的屹立在在向世人宣告它是世界最浪漫的地方，

這就是泰姬瑪哈陵正殿背後的亞穆納河，也就是原本國王要以它作為愛河的河流。（影中人是波波）

不相信永遠的戀人，只要走一趟泰姬瑪哈陵，馬上就能了解什麼叫做「比永遠多一天」的愛。

建造泰姬瑪哈陵的國土是蒙兀兒王朝的沙伽罕國王，這是一個由外族侵略印度後所建立的回教王朝，從十六到十九世紀這段英國正式將印度納爲殖民地的時期，印度大部份地區都是由這個回教王

為了不讓遊客「玷污」泰姬瑪哈陵，所以參觀時需先脫鞋。不過這張照片是參觀後拍的。一參觀完泰姬陵，走出正殿時波波便發現她的NIKE球鞋被偷了。NIKE在印度是超級名牌之一，去印度最好穿較破一點的鞋，或者是花點小錢請旁邊專門在看管鞋子的人保管。

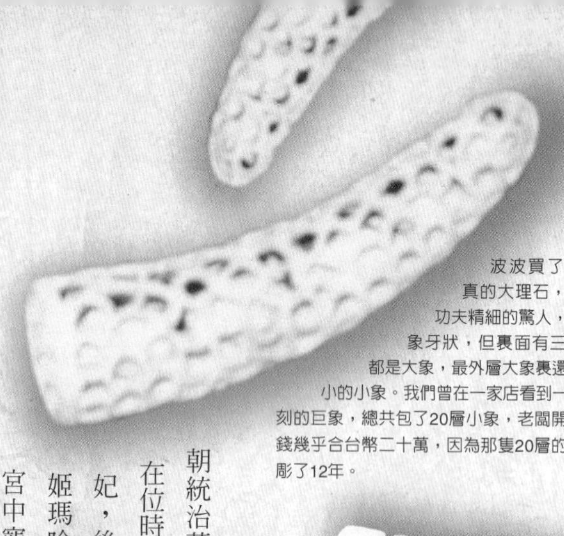

波波買了一個真的大理石，彫刻功夫精細的驚人，彫成象牙狀，但裏面有三層，都是大象，最外層大象裏還有更小的小象。我們曾在一家店看到一隻彫刻的巨象，總共包了20層小象，老闆開的價錢幾乎合台幣二十萬，因為那隻20層的象共彫了12年。

朝統治著。沙伽罕國王在位時，納波斯美女為妃，後來就封為「泰姬瑪哈」，意思就是宮中寵妃，兩人婚姻生活的十九年內，泰姬和沙伽罕一直都形影不離，即使國王沙伽罕征戰沙場，泰姬也天涯海角緊緊相隨。不過就在第十九年時，泰姬因為難產而死，死前向沙伽罕國王提出的最後一個請求便是——沙伽罕終生不再娶，並為她建造一座人間最美的陵寢，讓世世代代的後人見證他們堅貞的愛情。沙伽罕不僅耗費了二十二年實現他對泰姬的承諾，獻給泰姬一座純白的墓園，更想進一步地在泰姬瑪哈陵旁的亞穆納河對岸建造一棟純黑的陵寢給自己，白色代表愛情，黑色代表悲傷與痛苦，純白的泰姬瑪哈陵正代表著他對愛妃純潔堅貞的愛，而這樣一座純黑的陵殿正足以表達自己失去戀人的痛苦，他另外還打算把兩座陵殿中間的亞穆納河當作愛河，架一條橋跨過這條愛河，將這兩座純黑與純白的墓園相連。不幸的是他建造黑陵的心願尚未動工，他的三兒子就發動戰爭進行篡位，將他囚禁在泰姬瑪哈陵對岸紅堡的茉莉塔裏，讓他只能遙望，不得前去泰姬陵獻花悼念，以往每天都要前往泰姬陵獻花悼念亡妻的痴情國王，最後卻只能生不如死地以階下囚的身份遠眺愛妻墳墓至死。

我之所以起雞皮疙瘩並且用恐怖來形

泰姬瑪哈陵的所在地——亞格拉，是回教大理石藝術的重鎮，所有精美的大理石鑲嵌藝術都在亞格拉。所有大理石製的產品，上面的顏色都是如泰姬瑪哈陵般，將有顏色的寶石磨平再鑲上去的。真正的大理石在燈光下會透光，如果是四方盒的形狀，將蠟燭放進盒子裏，就像燈籠一樣，真的很美，而且真的大理石怎麼刮都不會有痕跡，硬度很高，我買的是個假的，所以還沒帶回台灣，盒子就已經碎了，只剩下這片蓋子。

這是紅堡裏的公眾大廳，以前平民覲見國王的地方，這麼專制的回教卻有這樣的設施，頗耐人尋味。

亞格拉紅堡裏有個大石缸子，是以前國王的浴缸，洗個澡還得爬樓梯上去，如果要在裏面泡澡，也得坐在缸裏的台階上，不然會被深水淹沒。

紅堡的氣勢浩大，雖然只能拍到一角，但應該有巨無霸的聯想。在印度，只要紅色的城堡都叫紅堡，所以亞格拉有一個，新德里也有一個。基本回教建築都以氣勢取勝，不花俏，簡單但大氣，而且色澤很統一。

容，就是因爲這樣堅貞不移的愛情故事背景。這對情侶，一個在要離開人世之前，決定用讓他的另一半永世再也得不到愛情滋潤的方式來證明他們的愛情，而另一半決定用所有心力及國力和財力，來見證他對她的一片心意，兩個人都是自己要死還要拖不相干的人下海，這樣的愛對我來說實在有點沈重……

我其實也是不相信永遠的俗世成員之一，我知道中國也有什麼孔雀東南飛、梁山伯與祝英台等等多得不勝枚舉的淒美愛情故事，各個至死不渝，不過要像這樣留下一個零缺點見證物的例子倒是沒有，而一對戀人的堅貞愛情，居然要花二十二年的人力及國庫，用民不聊生來見證，想來可是這世上最昂貴的愛情。當然我現在講這些實在有些煞風景，世界七大奇景是用來觀賞的，不是用來批評背後的價值的，只是泰姬瑪哈陵的莊嚴及神聖，又帶著一股無法言喻的魔力，它似乎早已下了一道詛咒，那就是從今以後，只要有人膽敢拆散他

這是新德里的胡默元大帝陵寢，看起來極度的寧靜平和，回教的陵寢建築都不可怕，就像美麗的公園。

選了二張印度教的寺廟讓大家和回教的建築做比較。一個是以華麗著稱的吉祥天女廟，在新德里；一個是以莊嚴著稱的瓦拉納西黃金寺廟，黃金寺廟為什麼不是黃色而是粉紅色加白色的？這頗懸疑，不過這二座寺廟在造型上原本就是繁複的，和回教的方正差很多。

們兩個，誰就會得到報應！

所以他們的三兒子雖然篡位成功，後來卻也被自己的大兒子兵變篡位，接下來他的子孫們幾乎也代代廝殺篡位，永無安寧之日。我會覺得起雞皮疙瘩的原因，便是這棟白色的建築所散發出來的光芒，似乎每道都在吶喊著：「破壞我倆者，死！」

所以戰亂不斷的印度國土境內，幾乎所有的古蹟都已殘敗不堪，獨獨泰姬瑪哈陵完好如初的被保存著，想來古代踏上這裏的每個奉命殺戮的士兵們，都會被這建築震懾，腦波也會暗地裏收到那份詛咒而自動打退堂鼓。

建築的恐怖份子，暴力美學的始祖

「我覺得有一種宗教是世界上最強悍的宗教……」

「什麼宗教？爲何用這樣的形容詞？」

在亞格拉的另一氣勢驚人的回教建築裏

這是久德浦王宮的建築，是屬於印度教的，也和紅堡的風格差很多。這雕梁畫棟的基材都是石頭，可以想見當初製作時的辛苦及鬼斧神工。
Octavio Paz在《在印度的微光中》一書裏，把印度教的建築比喻成舞蹈，我覺得好貼切。

——紅堡，我和波波討論著在回教這個宗教下產生的民族。一到紅堡時，才站在護城河外面，我又被嚇歪了，整座城堡都是紅砂岩建造的，鮮豔的紅色加上宇宙無敵大的氣勢，讓人像被催眠一般沒辦法移開視線。一棟棟回教建築讓我再次深思回教民族。

基本上，回教和基督教一樣都是一神教，他們都相信世界上只有一個神，回教的是阿拉眞主，基督教就是耶穌，因爲一神論的思想，不容許有其它神祇的存在，這樣的宗教規範轉移到生活及其它觀念上，就將多數回教民族訓練成排他性很強的人，當他們認爲A是對的時候，就不可能有B的存在，因爲既然A是對的，B～Z其它25個字母便是錯的。歐洲在中古時期曾經也有一陣子因宗教信仰而大相廝殺，接二連三的宗教戰爭也是搞得歐洲民不聊生，不過比較幸運的是十七世紀時歐洲曾進行宗教改革，對自己長久以來已經僵化的宗教進

這是標準的印度教城市，髒、亂及破舊的道路。不曉得為什麼，這兩個宗教在乾淨整潔上，就是有這麼大的差別。而且在印度教城市，很容易看到人與動物共用道路的景象。那一台台的車子就是人力車。

行省思與反撲，這是歐洲邁向近代化的基礎，但回教這個宗教從創立以來就不曾改變過，它是那麼的執著，即使入侵印度後，也從不爲了要讓印度人民歸順而和印度教有任何的妥協或融和，以前的歐洲在十字軍東征時就是這般模樣，世界只有聖母瑪麗亞，其餘不歸順者，死！而現在，歐洲已經停手，但卻有少數回教民族的侵略行動依然沒有停歇，他們爲了某種信念在世界各地進行恐怖活動，因爲他們相信世界上只有他們的信念是對的，既然他們是對的，別人就是錯的，爲了眞理犧牲某些人是悍衛眞理的表現，這是一種完美人格，不容質疑，退怯便是可恥，前進便是拯救世界，所以中東地區的戰爭到現在也尚未罷休。

就某方面而言，回教這種精神有「雖千萬人吾往矣」及「不爲五斗米折腰」的清高。泰姬瑪哈陵在印度的亞格拉，也是我們到印度之後參觀的第一個回教城市，德里則是這趟旅程中的另一個回教城市，所有有名的建築和街景都井然有序，也比其它城市乾淨許多，不過我倒是接二連三地不斷被這兩座城市嚇到。

回教注重秩序、遵守戒律，所以所有的回教建築都和「四」有關，四座整齊劃分的花園在紅堡的公眾大廳前、四座相同的清眞塔在泰姬瑪哈陵的四週，充份強調了均衡的美感，而街道除了造橋舖路做得較不好，以致永遠塵土飛揚以外，和其它印度教城市比起來，眞是乾淨不少。

回教把所有人民均一化、同質化以及忠誠化，國王就是神的代理人，就像中古歐洲的君權神授，所以命令永遠能夠上傳下效，效果好得不得了，今天想蓋一個以紅色爲主的城堡就馬上變出好幾個氣勢宏偉的紅堡，今天想要蓋一座能見證愛情的陵寢，就馬上變出一個比童話因為沒有去齋浦爾，所以無法讓大家看暴力造就下的粉紅色城市。這是久德浦——藍色城市，是另一種暴力——種姓制度造就下的統一顏色城市。久德浦是印度教城市，所以非常重視種姓制度，藍色房子靠近久德浦皇宮，以前是婆羅門為了要和其它的種姓區隔，而定下的規矩。

還要不食人間煙火的泰姬瑪哈陵，而齋浦爾城的建築更是神奇，國王高興把整座城市變成粉紅色的，便下令整座城市的建築都要是粉紅色的，而更神奇的是這座城市還眞的辦到了，這眞的是一種不准他人有選擇權力的暴力，但這個暴力卻成就了無數建築史上的傳奇，這群回教徒在統一建築上的熱情簡直就是建築的恐怖份子，這樣的回教建築完全就是暴力成就的美學。

想做大事就要否決和平

「中國也是因爲秦始皇，很多事才統一的，統一之後接下來很多事才能上軌道。現在我們哪還記得秦始皇有多殘暴，大部份的人都會歌頌他的成就，其實和萬里長城一樣，死了多少人才把萬里長城接起來，不過沒有人會再繼續談論那些死人了！」

波波感慨的說著她的想法。我則在想

〈長假〉裏木村拓哉向山口智子說的一句話。當時山口智子的未婚夫逃婚，有一次山口智子問木村拓哉是否看過電影〈畢業生〉最後一幕女主角在結婚時和別的男人跑了。逃婚者很令人震撼，但不知被逃婚的人後來怎麼樣了？木村拓哉下了一個很精準卻又很無奈的結論，他說：「聚光燈是永遠不會打在配角身上的。」是啊，犧牲者只是個配角，死了幾個配角觀眾根本不會有人知道的，現實生活不也是如此嗎？許多人踩著別人的鮮血往上爬，當他成功時，誰會在意他曾賤踏多少人？如果想要做大事，光是有理想或有熱情是不夠的，基本上必定要具備恐怖份子的狂熱，三百桶滅火器和三百個消防栓也澆不熄的熱情，才有成就大事的可能，像我這種常常對什麼事都不執著，一傷到別人就嚇得半死，常常擔心別人怎麼想的人，看來是一輩子都不會有什麼出息吧？

有些事得告訴你

1. 想參觀回教城市最好安排在星期五，因為回教日門票免費。只是人會特別多！星期一是回教城市的公休日，千萬別去，名勝古蹟也公休。

　在這裏想叮嚀的是：一定要在星期五去回教城市，因為這些名勝對外國人的態度簡直是公然搶劫。泰姬瑪哈陵的門票印度人是15盧比，但外國人是1000盧比，日出、日落、月圓時，景觀最佳，印度人門票是105盧比，外國人則是2000盧比，夠搶錢吧！紅堡也是，外國人要500盧比。

2. 在印度可多坐人力車，便宜又好用。另有摩托車後加棚子和座位的，也可以多坐。人力車一趟約15～30盧比，摩托車則25～50左右。因為印度地方大，路況又規劃得不怎麼樣，也沒什麼大眾運輸工具可乘，人力車可保留自助旅行的感覺又可省時省力。

世界上最浪漫的地圖
Interesting thing
•TAJWAL EMPORIUM在這條路上，裏面賣大理石雕刻和一些印度傳統工藝，20層大包小的象就是在這裡看見的，小老闆很帥，看到美女就會打折，他們家的長工二代都在這裏工作
•往下走是PARK Restaurant 很好吃，小老闆介紹的
•看到pizza Hut了，在這裡可是高級食館哦！
有入境隨俗的印度口味pizza哦
亞格拉堡
搭起來的鵲橋……
泰姬瑪哈陵
亞穆納河
這是名符其實的愛河哦！
shopping, eating……
Bad thing
•鞋子被偷了，只能赤足踏在這片最浪漫的土地上
•這裡：觀光客多，隨便店都要你12千元，一直在騙人，雖然沒被騙，騙去，感覺還是怪怪的……
可憐的鞋子
TAJ R.D
這條路在亞格拉很重要，都聚集在這裡
Staton R.D
我們住在這裡
STN ROAD
AGRA-CANTT grand Hotel

繪圖：吳旭東/紀玉君

複雜與混沌

你講得很清楚，我真的聽得很模糊

「這些都是香料啊……那麼哪一種是印度最有名的『瑪薩拉』呢？」

「沒有瑪薩拉，不過全部你看的到的香料也都是瑪薩拉。」

「沒有？全部？那哪一種是咖哩啊？」

「沒有咖哩，不過全部你看的到的香料都是咖哩。」

「哦……嗯……謝謝！我懂了！」

這種回答，我要是眞的懂了才有鬼呢！

我表面上微笑地謝謝久德浦旅館的廚師，一面在心裏不斷地自己再繼續重新解讀他的回答。和印度人講話，你就會開始覺得自己不知道是不是智商有問題。幾年前科學界有兩本書頗爲流行，一本是《複雜》，一本是《混沌》，我天生數理奇差無比，能夠通過高中聯考和大學聯考純屬僥倖，所以雖然友人一再告訴我這是兩本很簡單的書，我還是沒有仔細把它拿起來閱讀。不過基本上我想大概就是那種剖析如何在一團漿糊當中理出頭緒，以及如何在最複雜及模

印度是使用香料的王國。香料不只是食物，更是生活的一部份，街上也處處都有香料行。加爾各答有個電訊公司的名稱就叫「Spicy」（香料），意思就是你每天都要講電話，就像你每天都要吃香料一樣。每一戶人家都有個香料櫃，相片裡是網友家的，住在他家的每一天，他媽媽都用這些香料做成好吃的瑪薩拉料理讓我和波波大啖一番。有人說，在印度想了解某人的個性，就先看他們家的廚房，我覺得似乎頗有道理。網友的媽媽做的菜雖濃郁但不辛烈，即使放了許多辣椒也不至於嗆人，因為她一定會再加入其它的香料，讓辣味變得滑順，這樣的食物料理方式就像網友一家人，溫和、感情濃郁但不激烈，像純鮮奶一樣。

糊的地帶，找出最單純的解答的那種書吧！就像最危險的地方就是最安全的地方一樣，只要找出一種本質上的對立性，就能輕易在複雜中抽絲剝繭吧！如果眞是這樣，我都有點開始懷疑那兩本書會不會是印度人寫的？印度人雖然責任劃分的很清楚，講話卻常常搞模糊，不過別人摸不清頭緒，他們倒是又對一切清清楚楚。搞了半天，我才了解原來他的意思是：所謂的瑪薩拉並不是一種香料，充其量只能算是一種印度料理的方式，它算是一個集合名詞，因爲印度菜常常加進許多香料，一樣一樣叫出名字來也著實麻煩，大致上只要是加進好幾種香料的料理就可稱爲「瑪薩拉」，它並沒有固定的香料組合，一切端看做菜的人想怎麼搭配，所以他才會說沒有瑪薩拉，又說所有的香料都是瑪薩拉；而當含有「瑪薩拉」的料理煮成濕濕稠稠的狀態時，就可以叫做「咖哩」，以便和乾乾的瑪薩拉料理區分，所以咖哩也不是一個集合名詞，因爲它並不代表

印度除了香料要混合之外，連米都是混合式的，家家戶戶都有各種顏色的米，看今天想吃哪幾種，就挑來混合，米和香料一樣，也都有不同的功用。

某些香料的組合，只是代表一種醬汁的狀態。但也並不是所有的醬汁都叫咖哩，所以咖哩的意義也不能用中國的芶芡來比喻。

再豐富的山珍海味到頭來也只是一道菜

「待會兒再吃，菜還沒全上呢！」

「哦！要等菜一起上啊！」

我的印度朋友第一次和我們在外頭餐廳吃飯時，首先阻止了對著美食蠢蠢欲動的我。而餓著肚子的我想不到印度比咱們中國更傳統，原則上中國菜是吃大桌菜，不像西餐那樣，一道一道慢慢上菜，吃完一道收走再換一道，但是近代受到西方影響，還是會有一道道分開上菜的習慣，只是沒有像西餐分得那麼清楚。

但是印度還是堅持要所有的菜一起上完才吃。

在印度就是用這種鐵製大餐盤吃飯，把所有食物舀在盤中，再混合麵或飯等主食，用手抓來吃，我試過幾次用手抓飯，覺得很好玩，而且難度很高，尤其是吃炒飯的時候。

「把這樣菜舀一點放在盤子裏，再舀一點這樣菜放在盤子裏，另外那樣菜也舀一些放進盤子裏，接著抓一些餅放在盤子裏沾著剛剛那幾樣菜一起吃，還有肉也放到餅裏一起捲來吃。」

我一邊照著印度朋友的話做，手忙腳亂地左手右手通通一起來抓餅、捲餅加沾醬，還得把各種菜餚舀來舀去。印度朋友在一旁很體貼的要我別在意，他是印度人不能用左手吃飯，但是我可以，兩隻手一起用比較方便。我學著印度人用手抓東西吃，食物有點燙手，讓我除了佩服印度人的右手靈巧之外，也暗暗懷疑他們是否個個都學過鐵砂掌？爲什麼東西這麼燙他們卻都沒感覺。而且我本來以爲我們要吃一頓大餐的，因爲我們總共點了六道菜，但到頭來，還是只有一道菜，因爲所有的東西都是Mix的。

在印度吃飯，基本上會給你一個大盤子，大部份時候是鐵盤子，高級一點的餐廳有時才用瓷盤，也不是每家高級餐廳都用瓷盤，選鐵盤子基本上和耐用有關，不過某方面可能也和印度人的審美觀有關，因爲鐵盤子實在普遍得不像

這就是路邊賣奶茶的小陶杯，喝完了就在路邊把它打破，一方面不用再洗杯子，方便又衛生，一方可回收，不像塑膠製品或保麗龍，還要一直再買，是個省時、省力，又省錢的好工具。對已開發國家來說，不失為環保妙方，既不會浪費水，也少了洗潔劑的污染，而且還不會製造垃圾。

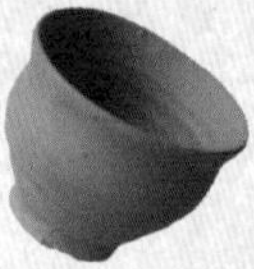

話，但陶器在印度卻又比鐵器便宜，若是顧慮到價格問題，應該是選陶盤才對，路邊賣奶茶的攤販就是都用小陶杯，而且喝完一杯就將杯子打破在地上，基本上陶杯是便宜到不必再回收，也不必浪費水洗，直接打破在地上還可以風化成土，算是便宜環保又衛生。陶杯和鐵盤是個既對比又矛盾的行爲，也是我對印度印象的複雜與混沌之一，不過，爲什麼選鐵盤子？這件事基本上又是和衛生紙一樣，是個難以啓口的問題，一問出口就好像在質疑別人的審美觀一般，似乎極度的不禮貌。

而吃東西的時候，要把所有的菜都舀進鐵盤裏，和著麵餅或飯一起吃，則是另外一種複雜與混沌，一種和回教大相逕庭，認爲每一種東西都能同時並存，也都如出一轍的哲學。即使你點了十道菜，你也可以說你只點了一道菜，因爲當這些菜一樣樣被舀進你的大鐵盤子

除了食物將什麼東西都混在一起之外，印度人最常做的休閒娛樂——電影，也是將什麼東西都混在一起。看印度電影是個有趣的經驗，有機會一定要體驗看看，印度是個電影王國，每年產出上千部，而且票價便宜（普通票約20盧比、前座約60盧比），對印度人來說，每天去看部電影比買電視划算多了。印度人自己最常說：「你可以在印度電影裏得到所有的東西，包括正義、愛情、財富……」的確，看印度的電影海報，就知道每一部電影都混合很多種類型的劇情，我們去看的是〈CHAMPION〉，光是海報就有很多種，這是其中兩張，一張訴求動作片，一張訴求看美女。去年日本〈火焰大挑戰〉的小內和小男，就帶了一組人馬到印度拍一部印度電影，英雄救美、尋求正義、愛情美滿、富貴榮華、歌舞昇平……哇！樣樣都讓主角得到了，真是個美好的世界啊！

這是所謂的「印度茱莉亞蘿伯茲」以及「印度布魯斯威利」，在印度像這樣的稱號是具有統一性的，許多明星都以此為標榜，因此如果你要買VCD的話，只要向店員說一聲「哪一部是印度湯姆克魯斯演的」，他鐵定會聽得懂然後找給你。

時，全部混合在一起，十道菜也只變成了一道菜，但你也不能說你只點了一道菜，因爲你明明就點了十道，而且基本上你現在在吃的那一種味道明明就內含十種菜餚。

0與1、絕對與空無

才說過受種姓制度影響的印度人對於責任劃分非常的清楚，現在怎麼馬上又說印度人不論吃飯、談話、餐具，都模模糊糊？其實我想印度人一定是最了解物極必反，有即是沒有，沒有也即是有，是和不是本是一家的哲學。光看印度人點頭就可以看出一些端倪。在印度，如果一個印度人把頭向著肩膀處側點幾下，你可不要以爲他在說不知道或不是，這個動作代表著「原則上是這樣」，因爲不久後他們就會告訴你「但是……如果……」這麼說也許太玄了，舉個例子吧。如果我說句點就是一句話的結束，基本上我們可以學印度人側點二下頭，因爲代表這個論點成立，但我們接著還得宣佈但書或如果，因爲句點同時也代表下一句話的開始。這就是印度的「是這樣也可以說不是這樣」哲學。印度人是世界上最早發現0這個數

紅色那張貼了許多人頭的海報就是抓通緝犯的海報，旁邊那張就是政治宣傳海報，作法都差不多，如果通緝犯那張拍到的是只有一個人的，那就更像了。

字的民族，而佛教是在印度起源，佛教中的基本教義「空」，也是0的哲學表現。

所謂的0或空，可不是眞的什麼都沒有，而是一連串邏輯否定的哲學，我數學不好，不過基本上我們可以用一個數學符號來代表一種否定的狀況——絕對值，基本上這是一個隔離符號，和外界隔離，這個符號以內的數字不管其它運算得到什麼樣的結果，你說它是個正值，實際上它只是個負值加絕對值，你說它是個負值，但它加了絕對值之後，卻又是個正值。它就是它，不受任何影響。就像0一樣，0不是沒有，0也不是有，但它就是存在於此，至少1和-1之間就隔著一個0，它沒有辦法定義，只能想辦法否定，而佛家所說的空，也是這種精神，《西藏生死書》就曾經這麼闡述佛家所謂的空：「萬物本身並不眞實存在，這種非獨立存在，我們稱之爲空。」所以到底是存在還是不存在呢？再看書上接下來的解釋：「海浪本身並不是眞的存在，它只不過是水的行爲而已，它是由風和水暫時形成的。」但它也無法說海浪就眞的不存在，只是用否定的方式說它是非獨立存在。會有這種哲學的產生，或許和印度的輪迴思想有關，因爲生命是一直延續的，死了會再轉世重生，所以當一個人死時，你不能說他死，因爲他明明就又要生了，就像句號一樣，你只能說他現在不存在於這個世界上，但你不能說它不存在，就像O一樣，他只是暫時被絕對値符號隔離，不能定義，只能一項一項否定。

是就是不是，不是也是是的清楚與模糊

「剛剛那個廣告看板我看到好幾次了，看板上那個婦人是要傳教的嗎？」

「哦！不是！不過你也可以說是。」

「嗯……」

「她是個很有份量的政治候選人，政見有些和宗教有關。」

開始懂得用印度人「是也不是」的邏輯去推敲他們的話之後，我開始覺得每個印度人或許都是天生的哲學家，畢竟從他們口中說出來的話句句都含有哲理，一個政治候選人，除了某些政見和宗教有關之外，政見宣導本來就是一種理念的宣揚，和傳教士在宣揚教義基本上有異曲同工之妙，所以你說這樣一個候選人到底是不是個傳教士呢？你不能說他是，但你也不能說他不是。

「那剛剛貼了滿牆的那張海報上的人，是個通緝犯嗎？」

「算是吧！他也是個政治候選人，不過政客和罪犯本來就是一樣的，所以你也可以說他是個通緝犯啊！」

這是我覺得我的印度朋友最有幽默感的一次，也深深地覺得印度人可能眞的每個人都有成爲哲學家的潛力，畢竟撇開宗教來看，佛家的思想可說是一種深奧的哲學，是唯一可與希臘哲學系統相抗衡的東方哲學，而佛陀正是由印度文化孕育出來的智者和哲學家。

世界最浪漫的地圖
→阿格拉車站
除了Taj R.D附近的鬧区外，另一个鬧区是在阿格拉堡附近彎曲的小路上，是Baluganj市集，西区這边，我称為黑色帝王区，東区為白色皇后区
good thing
•這一区可以買到很多夢幻逸品尤其是衣服類的
•火車站在這𨑨，在印度坐火車是个不錯的經驗，服務極好，除了提行李外，均不需小費
亞穆納河
搭不起來的鵲橋
阿格拉堡
泰姬瑪哈陵
Nanner chhipi Tola R.D.
GWalior R.D
General Cariappa R.D
Taj R.D
The Mall
Bad thing
•黑色帝王区的人力車是几乎不做"正經生意的，載客只是个手段，其實他们是要帶你去店家賺取佣金
•阿格拉堡參觀一次約台幣500元，本地人卻只要15元，幹嘛！政府公然搶劫也不是這樣的！
繪圖：吳旭東/紀玉君

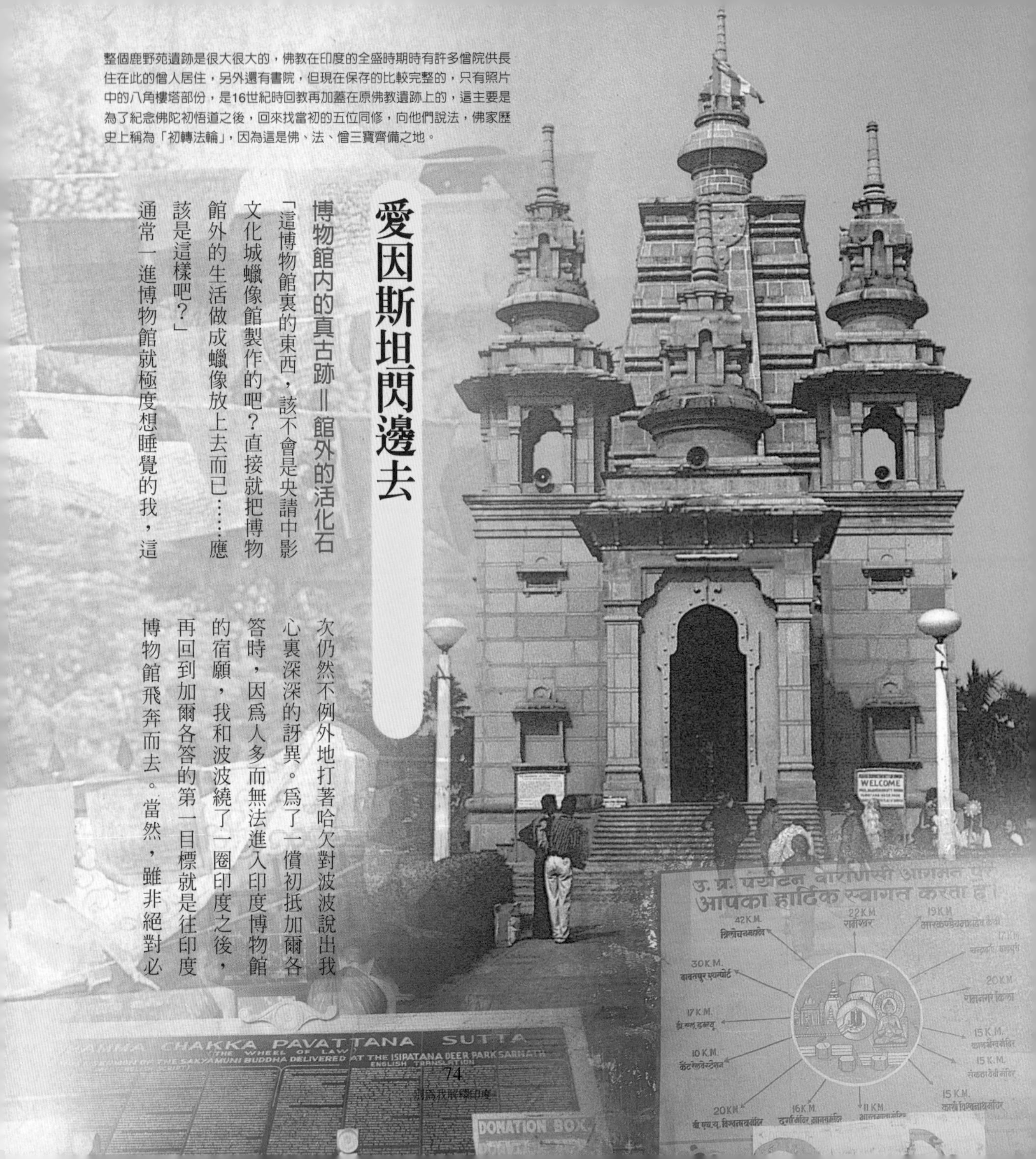

整個鹿野苑遺跡是很大很大的，佛教在印度的全盛時期時有許多僧院供長住在此的僧人居住，另外還有書院，但現在保存的比較完整的，只有照片中的八角樓塔部份，是16世紀時回教再加蓋在原佛教遺跡上的，這主要是為了紀念佛陀初悟道之後，回來找當初的五位同修，向他們說法，佛家歷史上稱為「初轉法輪」，因為這是佛、法、僧三寶齊備之地。

愛因斯坦閃邊去

博物館內的真古跡＝館外的活化石

「這博物館裏的東西，該不會是央請中影文化城蠟像館製作的吧？直接就把博物館外的生活做成蠟像放上去而已……應該是這樣吧？」

通常一進博物館就極度想睡覺的我，這次仍然不例外地打著哈欠對波波說出我心裏深深的訝異。為了一償初抵加爾各答時，因為人多而無法進入印度博物館的宿願，我和波波繞了一圈印度之後，再回到加爾各答的第一目標就是往印度博物館飛奔而去。當然，雖非絕對必要，但畢竟還是有一些想去看看它的理由。一來聽說它是亞洲最大、最老的博物館，二來我倆在印度也沒逛過什麼其它博物館，一些有名的觀光景點，我們也總是匆匆瞄過，對於「到一個國家還是得去逛逛當地最主要的博物館」這件事還不能坦然釋懷的我，總覺得不去是一種罪過，更無聊的是我根本無法承受他人日後的訕笑，諸如：「啊！去印度居然沒去印度博物館啊？那不是和去紐約卻沒去大都會博物館一樣嗎？那麼你到底是去幹嘛？」

這樣的閒言閒語不知怎地我聽了就是會覺得羞愧，所以這種地方我最低最低最低限度是至少要在門口照個相，進去晃一圈。不過令我驚訝的是，裏面所陳列的印度古代史，基本上和外面眞實的世界是沒有什麼兩樣，包括他們穿的衣服、戴的手飾、吃的東西、用的器具，館內的世界和館外的眞實生活比起來，館外儼然就像個活化石，時間在印度這個地方就算沒有靜止不動，也不怎麼能看出它的痕跡。

「是啊！每天走在路上看到的不就是這些嗎？連印度傳統食物也有個食物區做展覽，和你網友家的好像有點像，我們回你網友家看好了，裏面好臭！」鼻子永遠鼻塞，什麼都聞不到的波波，這家博物館居然能夠讓她一路掩著鼻子，一路幾近窒息地附和著。

我們望著漏水的牆壁及濕答答的樓梯，裂縫中不斷滲出的不知是否從廁所那頭滲過來的尿液，總之整個採光不佳的博物館，陰森且尿騷味撲鼻，實在不知道該如何繼續待下去。衝出博物館，外頭的陽光暖暖地照在加爾各答最繁華的尼赫魯街上人來人往的人群，看著這些穿戴得和博物館裏一模一樣的印度人時，我眞有種時空錯亂的感覺，感覺好像是乘著回到未來裏的時空穿梭機，來到一個不知今夕是何夕的年代。

最讓人不解的是，五千年來，印度沒有什麼變化的原因若眞是重視傳統與歷史，那麼隨處可見的毀壞古蹟又是怎麼一回事呢？（那種不愛惜古蹟的程度，比起台灣，實在有過之而無不及，台灣已經是很恐怖了，說到印度就更要搖頭了，幸好這個國家粉古老，再怎麼破壞，還是有很多古蹟可以觀賞，只是大部份都保存的很差就是了！）就拿這個他們號稱是亞洲最老最大的博物館來說，保存古蹟的方式都這麼漫不經心，我實在不相信他們會「尊重過去」，但從他們日常食衣住行無一不和古代的生活相仿，且不斷地提及以前的印度人就已經如何又如何的成就（印度人發現O、外科手術在古代的印度已經很厲害、造船術在古代首屈一指、以前印度的每個村莊都是自治共和國，所以印度早就有民主政治了……）諸如此類對過往生活的推崇，全世界或許沒有人比印度人更「尊重過去」了，這可眞是一個在印度最爲弔詭的現象，究竟我們熟悉的「過去、現在、未來」這種線性式的時間狀態在印度人心中是否存在呢？

時間？很久都沒見過了！

「你知道嗎？在台灣，開車技術太爛，一直擋在前面的人，我們就罵他『motorcycle』」

「『motorcycle』？爲什麼要叫討厭的人機車呢？有什麼典故嗎？」

「沒有啊！不過就是fuck的同義詞啊！」

「這麼說來，以後在辦公室遇到我們討厭的人，就來叫他motorcicle，反正就只有我們兩個知道那是什麼意思，太棒了！眞好玩！」

再度因爲遲到即將要趕不上飛機的我們，坐在印度朋友車上急得像熱鍋上的螞蟻，我的印度朋友和他的朋友也因爲

恒河在印度人的心中代表永恒，而恒河畔的生活從古至今也幾乎都沒有什麼改變。雖然有許多商業及觀光行為進駐恒河，還是不減它原始的風采，依舊有人不畏天寒在天剛亮時入恒河洗澡，為自己祈福；依舊是黎明的搗衣人潮，照例會舉行祭祀祈福、即使換上西化的衣裝，仍在同樣的神祇前冥想。恒河是印度旅遊勝地，在這裏聚集了許多全世界各地湧進的人群，我們在河畔巧遇一個感覺很融入當地生活的日本人，一聊之下才知道他已經在恒河畔住了三個禮拜，還想再繼續待下去，因為這是他看過最美、最平靜的地方之一。他辭掉了在日本的工作，已經在其它許多國家旅行了一年半，還想再繼續走下去，因為覺得他很特別，即使因為旅行的簡陋，已經變得蓬頭垢面，滿頭頭皮屑，但看起來還是那麼令人舒服，所以這張照片上的我雖然很醜，但為了讓他亮相，我還是決定犧牲一下。

再次誤點而有點尷尬和緊張，車上氣氛凝重，我不得不說些有的沒的，緩和一下大家的情緒。因爲連續數天，印度朋友沒有一天不遲到，容易緊張的波波已經有點受不了這兩位印度天兵，嘴巴像除夕那天被糖封住的灶神，一句話也說不出來，不過我因爲和印度人通信許久，早就已經暗中懷疑「時間」這檔子事搞不好根本不存在印度人的世界裏……

……所以特別感到無所謂！

「對不起，我可不是在生你的氣，我只是還不能確定我是不是能夠和你一起在印度境內旅行，所以沒辦法回信給你啊！」

出發至印度前，我和印度網友進入緊鑼密鼓的聯絡階段，不過卻突然間一度連續四十五天等不到回信！只能在家裏乾著急，我不斷寫e-mail到印度去，一直不知道自己是得到被害妄想症呢，還是眞的被網友拋棄了，卻還對他有所期待。單純的我只是把行程傳給他，請他幫我鑑定這樣的行程是好是壞，順道問他是否決定和我們同行而已，應該沒有理由會構成他不想回信給我吧？以這個邏輯來看，我似乎是得了被害妄想症才會如此胡思亂想，冤枉人家；但只是問個這麼簡單的問題，如果四十五天都沒有辦法得到答案，說自己還沒被拋棄，似乎是又太樂觀了點……只不過，萬萬沒想到的是，他爲了回答我那句「你願意和我們同行嗎？」，就非得一直等著年休假的申請單下來，才願意回mail給我，以確保他有完整地回答我的問題。接到這封信時，簡直是哭笑不得又有點不太高興，就算他要確定所有的事情再給我答案，也該先寫封信來告訴我他準備做哪些確認的動作，並叫我先耐心等待吧？礙於這趟印度之行要仰賴他多多幫忙，雖然有點勢利，還是假裝自己並沒有受到委曲地寫信去告訴他沒關係……

「我一定會去的，你放心好了，我一定會

在印度，從最遠古時候的交通工具到最現代的交通工具，都有可能一起在街上跑。

讓你在印度玩得盡興，把你想看的、想聽的、想吃的、想玩的、想買的都帶回台灣！」

不過令人好奇的是爲什麼假單還沒下來，他卻又急忙信誓旦旦地向我保證他的鐵定同行呢？這讓我又開始懷疑起他說他在等假單的事根本就是個幌子……

不行，我一定要用平常心來看這件事，一下子懷疑人家，一下子懷疑自己，再不放輕鬆一點，這趟印度之旅還沒成行我可能就已經精神分裂……

「眞的很對不起，你到印度的時間，我主管的父親眼睛要動手術，所以要請假，因此我的假就請不過了，很抱歉不能和你同行，但我還是會盡地主之誼，讓你們在印度盡興而歸的！」

最後一次在mail上的答覆，我認爲剛好證實了我不是有妄想症，而是眞的被擺道了！之前答應得這麼爽快，到頭來還不就是什麼都沒有，實在令人無法判定他的話到底哪些能相信，哪些不能相信，重點是：他到底把時間上的先後順序擺在什麼位置啊？爲了確定一張假單能不能簽下來，就不顧別人等待的焦急；爲了別人的焦急又可以不顧假單是否已經簽過，但爲了自己的老闆又可以撇開自己的承諾……時間觀念和先後順序似乎不在他的考慮範圍裏，有一些事情似乎是他更在意的，所謂的「輕重緩急」，對他來說值得列入考慮的應該只有輕重，沒有緩急吧？實在是有點匪夷所思啊！

「待會兒我們要繞到那條街上去和我的一個朋友會合，她要和我們去逛逛！」到了印度之後，網友爲了怕我們無聊，每天還找了不同的朋友和我們一起出遊，待會兒要見的是個女的新朋友，我想他可能是因爲覺得同是女生比較知道我們要逛什麼，才情商她出來陪陪我們。

「我的朋友不見了，她可能走了，因爲我遲到了一個半小時！」印度朋友很鎮靜的說著他「遲到很久」的事實，我卻被嚇得連打嗝都暫停了，怎麼會有人沒有時間觀念到這種地步，而一整天我們都這麼閒閒散散地四處晃，也沒看他打電話另外約時間，所以一直不知道我們都跟著他在遲到中……

「她在那裏，她剛剛等不到我先到其它地方繞繞，現在又回來了！」印度網友驚呼著找到人了，而重度驚嚇的我，這下不只打嗝暫停，連呼吸都快被嚇得暫停了！兩個約定某個時間在某個空間相會的人，因爲時間上的失誤，所以無法在原訂的空間上相遇，但卻又能在沒有以行動電話聯絡也沒有互相約定的狀況下，還能在另一個時間，同一個空間確定彼此都會在那兒出現？

除了佩服之外，我覺得說什麼都是多餘！

時間在他們的世界裏好像可以自由對

到印度之後，愛上印度的小吃攤。攤子都不大，從很早很早以前就是這副模樣，沒什麼改變，味道也是那麼傳統，和飯店、旅館或餐廳不同，不會為外地人而改變，樣樣都是最正統的印度飲食，尤其是早點起床時，看到許多人靠近冒著熱煙的早點攤位，感覺整個印度的祥和似乎從那一刻一直延續到永遠。

調，就像在愛因斯坦的夢裏一樣，沒有線性的時空存在，只有並存的幾個時空任人任意交錯。在印度，我們所熟悉的線性時間，我一直難得見到，我想印度人一定覺得自己的時間觀念沒啥稀奇，否則這麼先進的時間科學觀如果早一點發表出來，愛因斯坦也不必再研究什麼相對論了，基本上印度人的時間觀就已經比愛因斯坦更早打破線性時間觀念的桎梏。

時間只是梵天的一場夢，一場輪迴的夢

「好一個清幽的地方，當年的佛陀就是在這個地方說法宣揚佛教的啊！」

一走進鹿野苑，那種天蒼蒼，野茫茫的遼闊感，馬上讓人愛上這裏，人還是很多，但基本上有一種在印度其它地方嗅不到的「悠閒」，在這裏的每一吋空氣裏蔓延開來，似乎每個在裏面走動的人

服裝是印度人的固執之一，到現在為止，所有傳統服裝都還是他們日常的穿著，不像有些國家只有特殊日子才穿傳統服飾。三五位姐妹淘一起上布店，坐在平舖的白色褥墊上，審視著老闆攤在褥墊上的紗麗布材質，討論著要做什麼樣式，這是在印度許多地方都可以看到的景色。就連曬衣服都是用最傳統的方式，大塊布披在地上，衣服則用二條繩索絞成辮子狀，把衣服夾緊，完全不需要衣架。

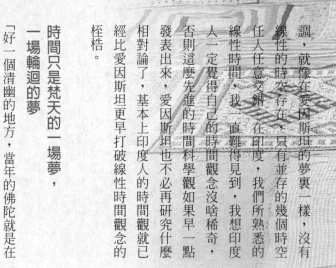

突然間都會忘卻世俗的煩憂，走入佛教世界的清明。

「不過書上說阿育王將佛教立爲國教時，這裏曾盛極一時，有很多的僧院和書院都在這裏，現在怎麼都看不出來了！」

我和波波在鹿野苑走著，眼前的景象卻是看不出這裏曾經繁榮過的跡象。聽說以前曾經有很多古跡的殘骸磚塊都被「資源回收」，被一般老百姓拿去當建材了！

古蹟拿去當建材，這件事倒是頗令人對印度的歷史觀感到訝異。（我相信中國一定也有一些住在長城附近的居民，曾拿過一些長城掉下來的磚瓦去補家裏的破牆，不過這也只是少數人暗地裏做，總不可能會是某一朝代的政府下令的行動吧？）

一直以來，印度就像罩著一層面紗般，儘管考古學家多努力，總還是留下許多謎團無法解開，許多印度歷史莫名地消失；許多古印度的歷史遺跡上早已數度被其它遺跡覆蓋，被摧毀的佛教遺跡上覆蓋著印度神廟的斷垣殘壁，印度神廟上可能又覆蓋著回教寺廟的頹牆，不過從神話和信仰裏所得的蛛絲馬跡，或許能從另外一個觀點來看印度人的時間。

近幾年來有許多科幻電影，都在顚倒時空，像前幾年風靡一時的〈駭客任務〉，就認爲我們所處的世界其實是不眞實的，而這樣的觀念印度人早就有了！印度神話裏一直認爲時間只是創造神梵天的一場夢，也就是說我們現在其實都活在梵天的一場夢裏，這只是一個虛擬的世界，梵天若醒過來，我們也會跟著消失，梵天若再睡去，我們又會開始輪迴地在他的夢中出現，除非我們修行，讓自己超脫時間的束縛，超越輪迴，才有可能達到永生。印度人崇尚永恒，也就是不變，就像佛教所追求的「涅盤」（不生不滅不再輪迴），所有會變的東西都是邪惡的，所有會變的東西都是虛幻的，所以不值得珍惜，生活中我們稱之爲「現實」的，其實都是非現實且虛擬的，因爲那只是梵天夢到的，所以這些環境都會變，花時間在這些事物上面就是一種浪費，實在是不值得，反正有一天它必定隨著梵天的夢醒而消失。

但是，「心」這樣東西可就跟環境不一樣了，那才是唯一自己能控制不變的，它可以超脫時間和空間，到達一種永恒的狀態。所以，歷史並不重要，遺跡並不重要，時間也不重要，這些「外在的環境」都只是花花世界中一閃即逝的幻象，所以印度人對於歷史的記載和年代都似有若無，雅利安人入侵前，西元前二〇〇〇年以前的印度古文明，也因記載的缺乏而成爲失落的謎，而印度人民捨佛教再重歸印度教以後，佛教文明也幾乎消失殆盡，回教文明入侵印度教文明以後，之前的印度教文明也消失了蹤影，印度的歷史看來只有不斷地破壞和開始，卻看不見延續，每一次建設都是一個新的起點，每一個建設都看不見過去。但對於排除不斷變化的外在環境之後的「自我個體」，可就得小心翼翼，守住永恒這個最終標的，不可隨意改變，改變是塵世間終極的不完美，我們無法讓外在環境不改變，但我們總可以讓自己不變，自己必須對自己的不變無時無刻效忠，也就是咱們中國人說「出污泥而不染」的意思。所以一個放置全印度重要古物的地方並不怎麼受到完整的呵護，因爲它是外在的，但一件紗麗卻可以從西元前二〇〇〇年流傳至今，因爲它是個人的。

人世不完美，
但一定還有一些美好在心裏套牢

「現在的印度年輕人啊，不是想娶外國

人，就是想嫁給外國人，Sanjeev的阿姨嫁到國外，也一直想要介紹新加坡和美國的女孩和Sanjeev認識，不過Sanjeev不想要就是了！」印度朋友的母親一邊嘆息現在的印度社會，一邊疼惜自己的兒子傻。

「爲什麼不呢？」我望著我的印度朋友和他的母親，著實覺得如果有這樣的機會倒是應該試試，畢竟印度人以英語爲第二母語，較少語言上的障礙，而在美國、新加坡等其它西方國家，做和Sanjeev同樣的工作，領的薪水會是他現在的八至十倍！

「Sanjeev就像很傳統的印度人，他戀家，他說不願意把我們兩個老人家放在印度，但是我們兩個年紀大了，別的國家也住不慣了……」朋友的母親笑笑地說，手攀過去朋友的肩上拍了一下朋友的頭，我的印度朋友馬上和他母親玩起打仗的遊戲來，這樣的「親密安打」（又親密又很安全的互打）已經在他家上演多次，每次看了都讓失去父母親的我羨慕得幾近淚流……

我心疼Sanjeev這一家「家徒四壁的有錢人」（Sanjeev家除了要睡覺的床、要坐的簡單沙發、很破舊的幾個衣櫃、一台電視、兩張桌子、一台冰箱和洗衣機之外，就幾乎什麼都沒有了，不過這樣的

這是加爾各答最現代化的百貨公司及像淘兒音樂城般的唱片行，還有舞機的看板，只有置身在這一區才會有是在現代的感覺。

家在印度已經算很不錯了！）但看到他不願爲了外國國籍而捨棄的一些自我美好的東西，卻也深受感動！如果時間觀念的模糊讓他們對身旁週遭的事漠視，只對自我的心靈效忠，那麼我覺得時間的存在或許眞是一種多餘，Sanjeev偶爾亂丟垃圾、總是遲到，但他永遠知道他該保留的美好是什麼，他戀家，再怎麼沒錢都堅持要讓他的朋友（我和波波）吃好的、玩好的，只要能盡興，錢根本不是問題，因爲友情才是最美好的。

我的手錶Baby-G，可能早就懂得這個道理，到印度的第一天，一出加爾各答機場踏入印度國土，就立刻停止不動，彷佛是要給我什麼時間上的暗示，這段期間怎麼修都修不好，因爲根本沒有這型的電池可換！除了市集有一個鐘外，其它地方都看不見（所以很多市集都叫鐘塔市集，很容易搞糊塗），想要在印度街頭上看見鐘，就像想要在紐約街頭不看見鐘一樣，可能都是比登天還難的事，除非要叫大衛魔術把紐約的鐘變不見移到印度去！

印度週遭環境的髒亂及隨處可見的超級窮人，很容易嚇到初到印度的旅客，到印度旅遊最好入境隨俗，學學印度人，對現況漠視卻對某些自身的美好在意，那些印度的美好一定會出淤泥而不染的在心裏浮上來。在印度十幾天，一向鼻子超敏感的我，居然從第二天開始就什麼牛糞狗糞味都聞不到了，出門前一再被警告說印度人很臭，我也都沒感覺，這些不美好自動在我心裏過濾，而一些美好的事物在回國半年後卻還歷歷在目。

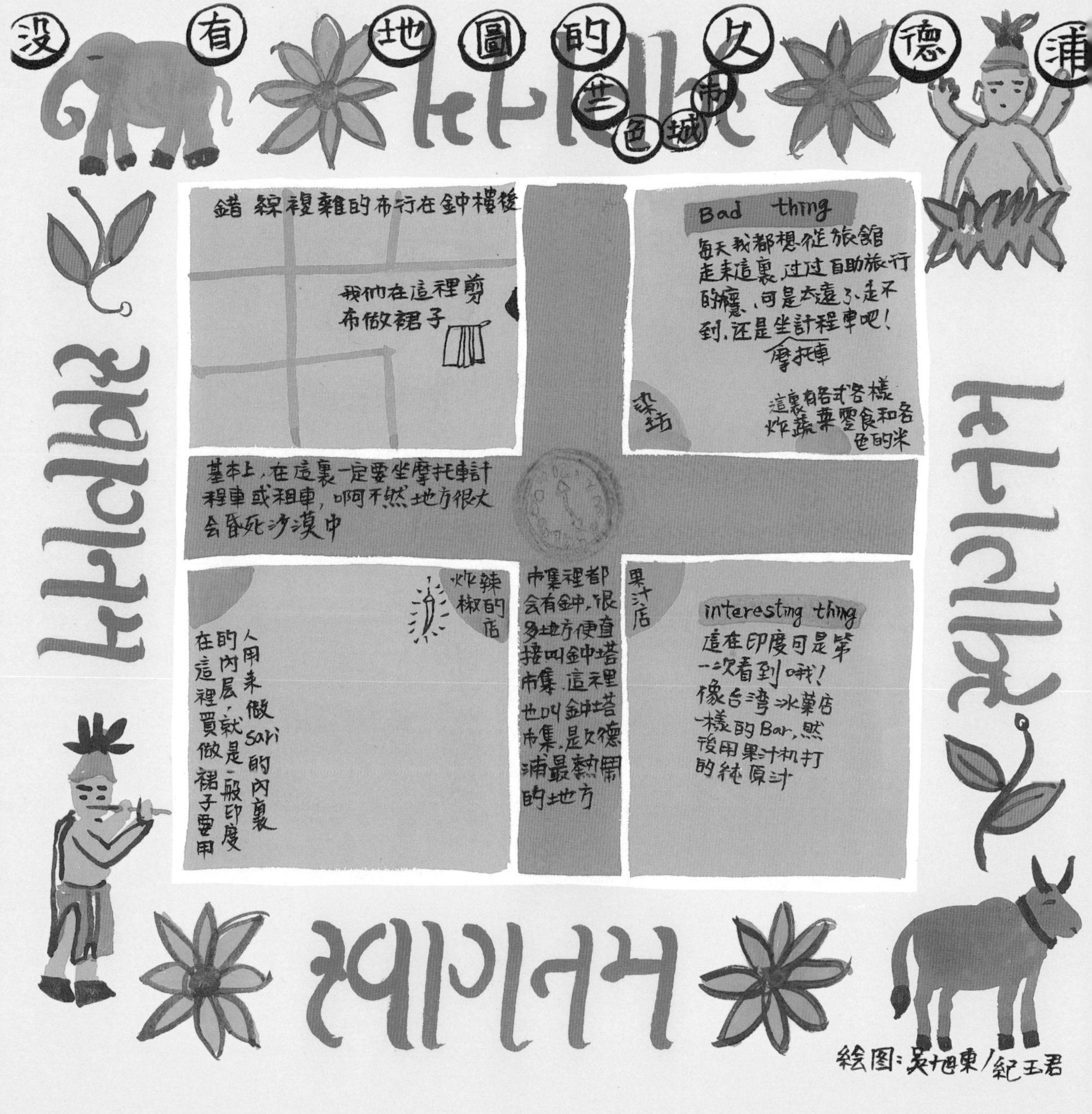
沒有地圖的久德浦
兰色城市
錯綜複雜的布行在鐘樓後
我們在這裡剪布做裙子
Bad thing
每天我都想從旅館走來這裏，过过自助旅行的癮，可是太遠了走不到，还是坐計程車吧！
摩托車
染坊
這裏有各式各樣炸蔬菜零食和各色的米
基本上，在這裏一定要坐摩托車計程車或租車，啊不然地方很大会昏死沙漠中
炸辣椒的店
市集裡都会有鐘，很多地方便直接叫鐘塔市集，這裡也叫鐘塔市集，是久德浦最熱鬧的地方
果汁店
interesting thing
這在印度可是第一次看到哦！像台灣冰菓店一樣的Bar，然後用果汁机打的純原汁
在這裡買做裙子要用的內层，就是一般印度人用来做sari的內裏
絵图：吳旭東／紀玉君

拍照囉！印度，笑一個！

小心照相！肖像權就在印度人心裏！

「你看那個人，用樹枝在嘴巴裏搓來搓去的，不知道在幹什麼呢？」

波波好奇地眼光，不停地追隨著恒河岸旁一個拿著樹枝快步走過的青年。

「書上說，看到人家拿樹枝在嘴巴裏就是在刷牙啦，那樹枝可是道地的印度牙刷哦！我們把他拍下來吧！」

我二話不說的拿起相機，對了焦便按下快門！

「我朋友說如果你對他刷牙的樣子有興趣，他很樂意再讓你拍一次，大一點、清楚一點的！」

說時遲，那時快，剛剛那個入鏡的刷牙青年在我調頭要離開拍照現場時，已經帶著他的朋友走到我的面前，說要再拍照。

「我剛剛只是在拍風景，可不是在拍你啊！我不想拍你，謝謝！」

我會睜著眼睛說瞎話，其實是有原因的……

「到了印度時，可不要隨便亂拍照，有些地方不是有宗教上的禁忌不讓人拍照，再不然就是你拍了照，就會有人向你要錢。」

在飛機上我不斷地叮嚀波波，拍照要小心，因爲已經不只一本旅遊指南告訴

這就是那個被我偷拍到的刷牙人，印度的傳統牙刷是樹枝，在比較傳統的城市，譬如瓦拉納西的街上就可以買到，咬起來有點苦苦的，但汁液一吞下去又有點甜甜的，主要是要咬碎，讓樹枝的纖維和汁液將牙齒洗淨。

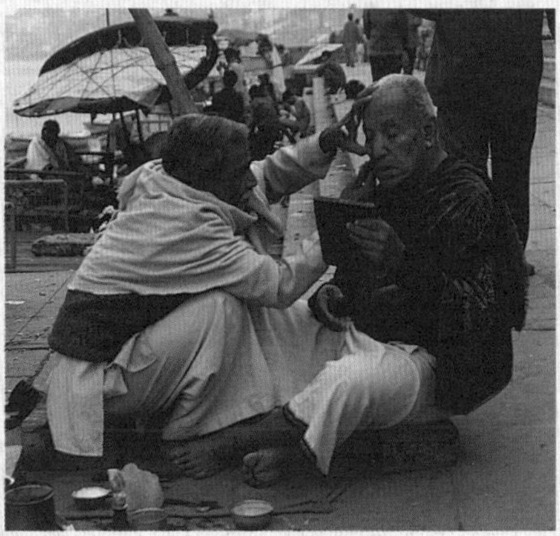

恒河畔旁，許多理髮店林立。基本上印度的理髮店算不上是個店面也沒什麼裝潢，有點像台灣早期的剃頭擔子。理髮師很高興地為我介紹他的工作和他的夥伴，並要我幫他拍下工作時的樣子，他要貼在他工作用的鏡子上讓大家看。

我，在印度拍照總是會不斷地碰到「陷阱」，有些人很熱心地說要和你照張相片，結果照完了之後卻跟你要錢；有些人更狠，說要幫你照相，相機在他手上幫你按快門的那一剎那，也就是他帶著你的相機逃跑的一刻，聽起來亂嚇人的，不得不小心爲妙。所以我已經很懊悔先犯了隨便在恒河旁亂拍照的大忌，現在怎麼可以再上一次當，隨便幫他照相，到時候他獅子大開口，跟我要一大筆錢那該怎麼辦？正當我拒絕，讓他識相地走開的同時，我卻看到他和他朋友落寞的神情，怎麼回事？敲不到錢也不必這樣吧，難道這其中另有原由？

什麼是印度通關證？

「你看他們在幹嘛？」一直用手比著抓泰姬瑪哈陵的姿勢呢！我們去看看！」

在泰姬瑪哈陵一片人潮洶湧當中，沒帶眼鏡的我只看到黑壓壓的人頭，倒是視

一直看到很陽春的理髮攤，突然看到這麼大店面的理髮店覺得很好奇，不過目前為止還沒看過女生的髮型沙龍，大部份印度女生都留長髮，自己洗頭髮、自行整理，連染頭髮也是用傳統染料自己染。

力良好的波波有了新發現！

「似乎是在拍照吧！可是拍照爲什麼要一直比著抓泰姬瑪哈陵的姿勢呢？」

在遠處佇立良久的我，實在看不出那群人究竟在搞些什麼名堂，而且似乎不只一群人，而是一坨一坨的各據一方玩著相同的遊戲。

「你們要拍這樣的照片嗎？」

有人從後面拍拍我的肩膀，嚇得我立刻肅立，基本上在國外只要有人靠近我而且還碰我，我就會像刺蝟一樣，嚇得身上每個毛細孔的汗毛都豎立，只可惜這些豎立的細毛不會刺人，趕不走人……不過這次似乎有點有趣，因爲解答已經出現了！是個攝影師在問我們要不要拍照，他拿了一本他的「作品集」，裏面幫觀光客拍了好多照片，不過所有的照片都差不多，基本上就是觀光客擺一個抓東西的姿勢，然後拍照的時候，攝影師用超廣角的鏡頭把遠方的泰姬瑪哈陵和觀光客拍在一起，由於超廣角可以同時容納極遠和極近處的所有風景，而且會有變形的效果，所以遠方的泰姬瑪哈陵就會縮得很小很小，前方的觀光客就會放得很大很大，馬上就變得像一個虛構的小人國世界一樣，觀光客剛剛擺的用手抓的姿勢，看起來似乎用手就能一把抓住泰姬瑪哈陵，至於爲什麼大家都喜歡擺個抓的姿勢，拍出用手抓泰姬瑪哈陵的照片呢？這答案我也不知！

「不想拍沒關係，你的相機可不可以借我看一下？」

站在我眼前的攝影師，一對眼睛不停地盯著我的FM2相機看，似乎很想把玩一番，我看他看得一副口水都快流下來的樣子，一方面基於同樣都是相機愛好者的立場，也想借他玩玩，但一方面想到旅遊指南上的叮嚀，實在又不知怎麼借出手……著實爲難了三秒鐘，永遠不知道如何拒絕別人的我，還是乖乖地雙手奉上我心愛的FM2，並且準備接下來要狠狠地盯著那位攝影師和我的相機不放……「這在哪兒買的？要多少錢啊？」

一看到相機，大部份的印度人就不自在起來，笑也笑不出來，溫馴的他們又不好意思阻止你拍照，所以有一些尷尬的感覺就出來了。

一路上我和波波常常被問到這個問題，從我們的帽子、圍巾、衣服到我們的鞋子，都有人問起，我們商量過後決定只要有人對我們身上的任何東西有興趣，統一回答都是「這是別人送的禮物，我不曉得多少錢耶！」這樣回答主要是爲了不要讓別人覺得我們兩個弱女子很闊。

「我幫你們拍張照吧！就用你們的相機吧！我想用FM2拍拍看，平常我幫人家拍照可是要錢的呢，現在我就免費幫你們拍吧！」

他終於說出來了……終於說出那句最恐怖的話了！怎麼辦？如果我們不給他拍，顯得好像很失禮，人家自己也有相機，幹嘛偷我們的？問題是，看起來就算他有相機他還是比較喜歡我的，萬一像書上說的那樣……

他的熱情讓我不安地和波波悄悄再用三秒鐘的時間，討論了一下到底要不要讓別人拍照。什麼嘛……這樣搞下去，我覺得全世界的人都快變成壞人了，不斷懷疑別人的結果並無法讓我嚐到保護自己的甜頭，只是一再地讓我覺得不舒服極了，管他的，誰怕誰啊，這裏人這麼多，我就不信他能跑多快，要眞搶了我的相機，老娘就跟你拚了便是了……

「你願不願意跟我換相機啊！我這台也很棒哦，可以照這種廣角的有趣照片哦！」

這是泰姬瑪哈陵的攝影師最後和我們講的話，基本上相機並沒有因爲交在別人手上不見，我已經感到很萬幸了，很感謝他爲我們拍照，但他最後的問題讓人覺得他有點無理取鬧，只能尷尬一笑，趕快離去爲妙！

我原以爲只有專業攝影師對我的FM2相機有興趣，沒想到我的想法完全錯誤！整個印度之行不論男女老少，都對我掛在脖子上的這台相機有興趣。一般的傻瓜相機，印度人是買不起的，而且拍照

瓦拉納西的旅館經理和他底下的侍者們，大家都希望在FM2下留下美麗的身影。而且侍者非常堅持要用FM2拍一張，雖然我們有另外一台傻瓜相機，但就結果論來說，他們實在不太會用FM2，所以照出來的相片都模模糊糊的。他們還說餐盤也可以拍下做紀念，這餐盤的確有紀念價值，我和波波初看到這餐盤和杯子時，以為沒洗乾淨，心裏很是害怕，沒想到這可是印度人認為頗高級的設計。

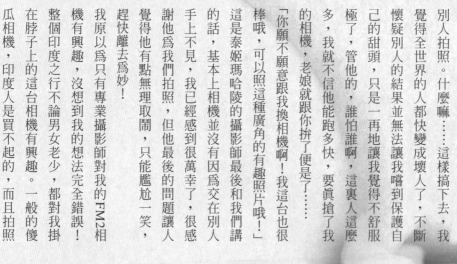

和洗照片對他們來說都很貴，不過對於傻瓜相機趨之若鶩的情況倒是沒有FM2來得嚴重，不知道是否帶著這樣一台相機讓人感覺比較專業的緣故，以致於人人都湧起一股想看看「專業拍照技術下的自己」還是怎地，總而言之，這台相機在印度可是幫我們做了不少國民外交。FM2此行變得和村上春樹在《雨天炎天》裏，土耳其之行的萬寶路香菸一樣，走到哪都是別人的焦點，似乎對印度人有什麼要求時，只要承諾待會兒用FM2幫他們拍張照，馬上就萬事OK！我似乎有點了解恒河河畔那個沒有被我拍到照的刷牙先生，落寞的神情因何而起……

這就是我工作的樣子嗎？

「Madam，你可不可以幫我拍張照？」

旅館（我們住的地方都不怎麼樣，都頗印式，只能稱得上是旅館而不是飯店）的服務生Madam才一剛出口，我就嚇得想逃，因爲我以爲又有人要來和我劃清責任界線了！只不過這次他是盯著我脖子上的相機，一邊懇求著想拍照！就在我答應他的同時，他的POSE早已擺好，他迅速地拿起電話，佯裝正在旅館櫃台接聽電話的樣子，雖然裝得不太像，而且正經的有點好笑，不過我還是忍住狂笑，幫他拍了一張照片。

「謝謝你！我從來沒看過我工作時的樣子！你一定要把照片給我看哦！」

原本想奔回自己的房裡大笑的我，聽了這句話之後，立刻笑意全失……後來和那位要求拍照的服務生又打了好幾次照面，每次他都用怪異的眼神看著我，對我特別的殷勤，還記住我每次回旅館的時間，眞是讓人不自在，只不過是拍張照嘛，又不是什麼大恩惠，他這樣子讓人怪彆扭的！

「你不是說要給我照片嗎？怎麼沒有？」

經他這麼一問，我才恍然大悟，原來他每天用關愛的眼神望著我，並不是要特別感謝我，而是以爲我會馬上洗照片給他看！雖然當我回答他，我得回台灣沖洗照片後才能寄給他時（開玩笑！印度連找個沖洗照片的相館都不容易，更何況找到了我也不敢在那裏洗，要是洗得又貴又爛怎麼辦？）他那失落的表情實在讓人於心不忍，但一切還是只能回到台灣再說。

在德里阿姜塔旅館的服務生，很正經地要我拍下他工作的樣子，而且每天都很關心我到底沖洗照片了沒有，到現在為止，很令我愧疚的是我還沒有寄給他，我想他每天一定都會想著我是不是騙了他吧！

忘記怎麼笑的印度人

「這夾克眞棒啊！好溫暖啊！」

瓦拉納西的旅館經理不斷地一邊搓著他那好冷的小手，一邊不時摸摸我和波波各自穿在身上的雪衣。這是另外一件所有印度人都感興趣的東西，只是這東西無法和相機一樣，好東西和好朋友分享。因爲很多人對印度有一個很簡單的誤會，所以在此必須要向大家特別強調：印—度—是—比—台—灣—冷—很—多—的！純羽絨的雪衣一路陪伴我們到最後，而窮苦的印度人因爲買不起也買不到這樣的雪衣，只能穿得有點少，然後讓身體任寒風宰割，所以請注意，不要在照片中看到印度人穿得不多，就以爲皮膚比較黑的人都住在比較熱的地方！瓦拉納西可能是我們這趟印度之行裏，看見最窮困的一個城市，不過印度還有上百個地方比瓦拉納西還要窮。我們住的旅館算是當地還不錯的旅館，所以這旅館的經理應該還算是個收入不錯的工作，但是連他都看著我們身上的雪衣羨慕不已，其它服務生們寒風刺骨的悲慘就更不用說了！他們身上連厚一點的毛衣都沒有，不會英文的他們，從小家裏就非常的窮困，沒受什麼教育，長大了也只能找一份收入微薄的工作。

要拍照嗎？幫我拍一張吧！如果可以的話，寄給我哦！——加爾各答自助餐店小弟

「你能用你的相機幫他們拍張照嗎？」旅館的經理代幾位不會說英文的服務生傳話給我，希望我幫他們拍照，相機快門按下的那一刻，我驚覺這一路在印度幫人拍照時，所有的印度人臉上都是沒有笑容的，不知道是因爲太少拍照，所以看到鏡頭顯得陌生，還是生活苦得蝕掉了他們的笑容？這是另一個疑問，問我的印度朋友也不會知道，因爲他們算是過得較好的一群人，他們是我在印度看到最快樂的人。

「來印度後，我就變得很不舒服，我是說心理上的，我看到他們這樣生活，可憐到某一種程度，有時候很想掉眼淚，有時候連看都不敢看！」

多愁善感的波波，難得食慾不振地坐在餐桌前，說著這幾日她看到這個世界的感覺，對她來說，印度像個人間煉獄，她只是來過個一、二十天，再怎麼苦都

「我有照片哦，和我的車子一起拍的，那個人有寄給我哦，所以我把它貼在我的車子上。」久德浦摩托計程車的司機笑著對我們說。然後在我幫他拍照時，他又正經的不得了，害我一時錯愕，失了準頭，所以司機的照片拍壞了，叹，又多了一個人在等著石沈大海的音訊！

可以忍受，畢竟是觀光客，比起來總是是吃好住好。

「可能是成長環境不同吧！我倒不會想可憐他們！我知道他們很窮，但再窮都可以過日子，千百年來印度都這麼窮苦的生活著，一定有一些道理，當然你也可以說是這塊土地受到詛咒，但基本上這就是『印度人』，我不可憐他們，也不同情他們，因為同情和可憐都讓我覺得我用不平等的角度在看待他們，對他們不公平，也缺乏尊重。」

我這樣回答並不是打算對波波說教，也知道面對印度那種超級貧窮的無奈和不由自主的同情，那只是每個人的成長經驗所造就的看事情的方式和行事準則，無關好壞。

「幫我拍張照好嗎？請記得一定要寄給我哦！」

「要拍了哦！Smile！」

每次幫人拍照我總不斷地提醒他們要笑一個，雖然總是沒辦法看到他們的笑容，我還是希望在這片土地上生活窮苦但精神富裕的人們，能夠在我按下快門的那一刹那，笑一個！

有些事得告訴你

恒河畔的拍照規定很嚴格，絕對別犯了忌諱。在火葬場的地方不能拍、有女生在洗澡的時候不能拍、死者要被抬去火葬場時也不能拍。

沙漠地区不需要地圖
畢許諾民族的家
2001年第11天
看到人間的
烏托邦
畢許諾
民族
這是烏
褆雞
都用走的
有垃圾直接存地上
挖洞埋起來
就好，物球保
穆斯林的小方帽
我們靠近他們
觀，老闆阻止
據說不接受參
是回教徒，
這戶畢許諾人
老闆可是王親貴族哦！
UMAID NIWAS
40 B/1, opposite P.W.D
OFFICE P.W.D
Lolony
Jodhpur
Bad thing
這是旅館的老闆的三位
家僕，很辛苦，人很好
只是這裡的种姓制度
还存在，他們不能和我
們同桌吃飯，
他們每天擦地板，包括
花園的紅磚道，也把
花園照顧得很好。
我們住的可愛旅館
interesting thing 2001年第10天
我在印度廚房裏
做菜，没有电鍋，到底他們怎麼煮米咧……

繪圖：吳旭東/紀玉君

除了德里和加爾各答之外，其它地方的書攤大部份都在機場或車站，再不然就是名勝地區。亞格拉火車站是許多火車線的交會點，所以也有一家車站小書攤，泰姬瑪哈陵南門出口也有一家書攤，這類型書攤主要是賣工具書，如地圖。

所謂精神食糧

書都到哪兒去了？

「那裏有好幾家書攤耶！我們趕快過去看看有沒有賣《卡瑪舒坦》！」

好不容易看見書攤，我忍不住興奮地在大街上嚷嚷起來，牽著波波勇往直前地往書攤跑！在印度走了幾個城市，再到德里時，我們發現要找個書攤還眞費勁，瓦拉納西沒有，亞格拉沒有，久德浦也沒有，只有德里和加爾各答像樣點，有幾間小書店和一些小書攤。

「難道這裏的人都不需要書嗎？雖然有很多人沒受教育，但是受教育的也不少吧！」

在印度，我們最喜歡看到的就是學生了。印度學生都穿著藍色的英式制服，除了襯衫和學生裙之外，另外再加件V字領背心或毛線衫，個個看起來天眞活潑也不怕生，遇到路上有觀光客和只操印度話的印度人溝通不良時，就很熱心地趕快跑過來幫忙翻譯，看到學生的眼睛，就覺得整個印度的希望都在這些學生身上，只是這些國家未來的棟樑，除了教科書之外，平常都看些什麼書呢？而且就算書對大部份的人來說是奢侈品，那二手書攤應該更盛行才對，問題是二手書攤更少之又少，在印度我們只看過兩攤！

「印度人都覺得成功很重要嗎？」

「是很重要啊！有人覺得成功不重要嗎？台灣人覺得成功不重要嗎？大部份的人想的事應該就是如何賺大錢吧？」

加爾各答大學旁的學校路，是許多小書店聚集的地方，主要是賣大學用書，但會摻雜許多文具和玩具以及裝飾品，光賣書似乎賺不了什麼錢。

再回到加爾各答時，我納悶地問著網友，當然網友也很納悶的回答著！其實我會這樣問，是因爲我和波波發現所有的書攤和書店裏賣的書都千篇一律：《如何做個頂尖的Sales》、《成功的31個法則》、《教你如何賺錢》、《你的思考決定你會不會成功》、《成功人士的思考》……好像全印度唸過書的人都得作一門研究，而且還要交報告，日後上天堂時得評估你這門研究及不及格似的，而這個研究的主題就叫做「你如何做到成功？」

我想全世界只有極少數人覺得成功或賺錢不重要，而說有很多東西比金錢還重要聽起來也很教條，但如果說有很多東西和錢一樣都很重要，我想反對的聲浪就比較小了吧！印度是個文明古國，我以爲在印度可以看到很多哲學書、養生書，不過在這個紙類用品樣樣貴得離譜新德里甘地紀念館也有一家小書攤，一方面甘地曾是知識份子代表，一方面書攤要賣很多甘地的傳記。不過印度真的不是一個商業化的地方，如果是在西方或日本，一定會設計許多甘地週邊商品販賣，不過這家甘地專賣店只賣甘地傳記的日曆和原子筆，其它則是傳統印度神話書以及甘地最重視的養生書和瑜珈的書籍。

的國家裏，他們選擇把所有的紙張都拿來印製教導別人該如何踏上成功之路的書。這是一個原本在文學、詩歌、哲學方面都有輝煌成就的國家，不過今天他們雖未經過公投表決，但也很顯然地有志一同，決定日後不走感性路線，而往理性路線發展。被我們稱之爲精神食糧的書，可能不是用同樣的角色存在印度的，書在印度是很實際的麵包，因爲它是通往希望（日後的成功）的教戰守則，印度的精神食糧……想必另有其它。

需要甜食的印度

「我媽媽做了很好吃的甜點，待會兒吃完飯就可以吃了哦！」

印度朋友很得意地爲我們預告，待會兒的點心時間是蛋糕，還說是因爲聖誕節和元旦期間，她媽媽才會特別做這種蛋糕，裏面含有很多水果。才剛下飛機，我們就在網友家飽餐一頓，他媽媽的手藝眞的沒話說，樣樣菜都好吃的不得了，第一餐就可能讓我日後對台灣的咖哩全部失感，所以我和波波也對接下來要吃的蛋糕充滿期待。

「不好吃嗎？怎麼不吃了？放了很多水果在蛋糕裏呢！是印度才有的水果CHIKU哦！」

「哦！不！很好吃！我們很喜歡，我們只是在慢慢品嚐，待會兒我們就會把它吃光光！」

看著網友和他媽媽得到滿意的答案後，露出心滿意足的微笑，我想我們想不吃完都很難，問題是我們如果真的拚命把那些蛋糕都吃完，我們也得抬去恒河收屍火化灑骨灰了！這骨灰一灑下恒河，可能還會有一大堆螞蟻，不顧溺水的危險，大批湧上，只爲這骨灰的甜味而來！

它，實－在－實－在－是－太－甜－了！

CHIKU這種水果，甜的跟糖漿一樣，蛋糕的麵粉好像也和了很多很多糖，一入口整個甜味就卡在喉嚨裏，雖然想努力地把蛋糕吞下去，只可惜心有餘而力不足！

「你們接下來要去的幾個地方都有一些不錯的食物，都是當地才有的，別的地方可都吃不到哦！我會把這些食物都寫下來，到了那裏一定要記得嚐嚐哦！」

努力吃完過甜的蛋糕後，整個腦袋已經像被糖漿糊住了一般，全部打結有點昏昏欲睡，但是我畢竟是個食物偏執狂，一聽說有好吃的東西，馬上也就衝破糖漿的圍籬，整個人重新振作起來！

「瓦拉納西的乳製品是很有名的哦！那裏的牛很多很多，滿街都是，最特別的應該是PERA和BARFI；德里和亞格拉都是回教城市，除了烤肉外，一定要嚐嚐的就是PETHA和FIRNI了！」

「這些都是菜名，只要到餐廳寫給餐廳的人看，他們就知道了嗎？」

朋友把這些食物說的像沒吃到就白來印度了一樣，我也不禁很緊張地要趕快把

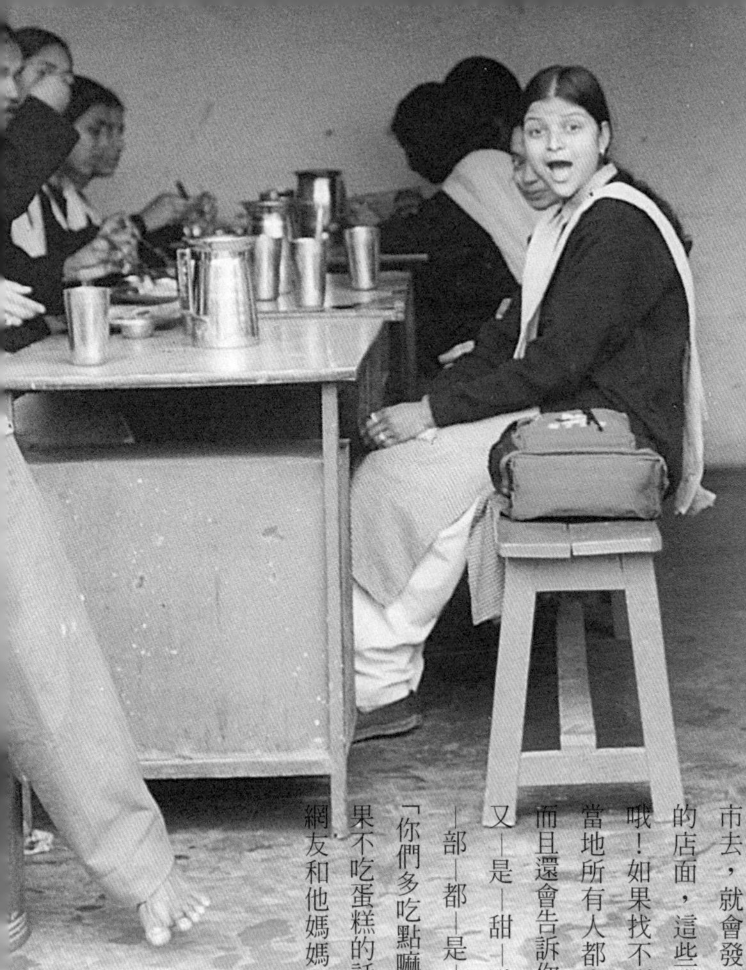

不知道為什麼，在印度看到學生總讓我開心，拍起來的照片也感覺「希望」這件事是動感的，一直在走不會停，也不是憑空想像的。

如何吃到的細節問仔細，他提的東西都是連印度人去到這些城市都一定要吃上兩口的，就像台灣各地的土產般，問題是印度流通業可沒那麼發達，所謂土產就眞的只在當地才吃得到了。

「餐廳可能沒有吧……嗯！應該一些賣點心的小店面就有了，不用跑到餐廳去。」

「這是小店有而餐廳沒有的東西啊……到底它是……？」

「哦！都是很簡單的甜點啦！你到別的城市去，就會發現路邊有很多專門賣甜點的店面，這些甜點在餐廳不見得找得到哦！如果找不到甜點店的話就問人吧，當地所有人都會知道你要買的是什麼，而且還會告訴你哪一家最好吃哦！」

又─是─甜─點！而─且─居─然─全─部─都─是─甜─點！

「你們多吃點嘛！吃完了冰箱還有哦！如果不吃蛋糕的話，也有其它甜點啊！」

網友和他媽媽殷勤地招待著我們，拚了

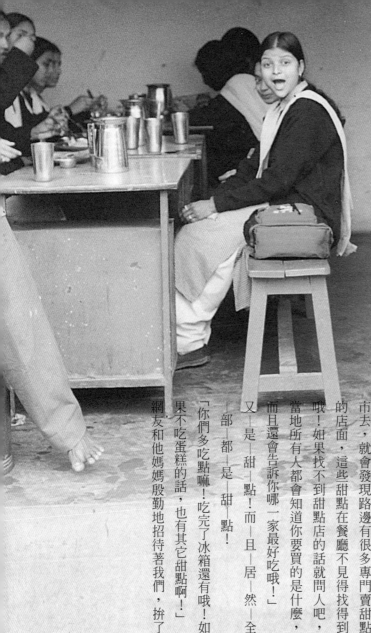

命才吃完蛋糕，不想個理由拒絕接下來的甜點，我們眞的會有當場因過甜而暴斃的危險！

「這樣就好！我們得節制一點，我們都太胖了！」

「不會的！你們怎麼會胖呢？像我爸媽這樣才叫胖！你們都是瘦子！」

的確！如果和他爸爸媽媽比較起來，我和波波都過瘦！他爸爸媽媽的胖胖肚子，眞的是懷胎十月型的，我常想，他爸媽接吻時，應該就像兩個孕婦靠在一起，臉和臉要碰到應該有點難度……

不過，像他爸爸媽媽這樣的胖子，在印度到處都是，這麼貧窮的國家，卻有那麼多胖子，一定有它的原因，我想除了很多的油炸食物外，最大的原因就出在甜點，不過，似乎印度人很少因爲胖而覺得自己需要減肥，走了印度幾個城市，我發現在首都德里有一家小小的瘦身中心，和走二、三步就有一家的甜食店根本不成比例！

在台灣能吃到的各式甜點也很多，但基本上沒有甜成那樣，印度人吃東西的甜度，比我們在喝的100％甘蔗汁還甜一倍，而且餐餐必吃！如果你有機會在印度餐廳裏，和印度人一起吃BUFFET，你可得趕快先倒點紅茶或咖啡，並且把你要的糖和牛奶先拿一些起來備用著，否則，只要慢個三分鐘，鐵定所有的紅茶、咖啡、可樂、糖和牛奶都會被倒個精光，印度眞的是一個高度熱愛甜點的國家！不過好像也很少聽說印度人因爲愛吃甜食，所以罹患糖尿病、老人痴呆

這就是網友一直叮嚀我們，在瓦拉納西一定要吃的甜點－－「PERA」和「BARFI」，都是牛奶製品，很甜，搞不懂牛奶為什麼會這麼甜？而另外介紹的回教甜點「PETHA」有點像咱們過農曆年時要吃的冬瓜糖，吃是吃到了，可惜照片沒拍到就是了。

印度四處都有甜食店，每家甜食店的規模和書店比起來，我覺得豐富不少，而且還有分類，照片中一家是西式甜點店，另外一家則是傳統印度甜食店，看起來都讓人很滿足。

症等，這些醫學上對甜食的有害人體研究，好像到了印度就自動宣告無效，印度天生就是要在甜食上和世界其它國家做實驗組和對照組比較似的；其它國家不斷地少吃甜食，印度不斷地多吃甜食，再來看看哪一種對身體健康比較好！

把幸福一口一口的吞下去

曾經有專家研究，吃甜的東西會讓人感到幸福，我想女生就很能感受到這一點，每個月生理期來時，如果「不順」加上「心肝亂糟糟」，吃點甜食頓時就會覺得海闊天空許多。從一些較理性的層面看來，印度人嗜吃甜食當然和吃油炸食物的原因相同，那就是物資不足加上貧窮無法餐餐溫飽，所以必須吃這些高熱量的東西維持體能，再來就是印度自古以來就認為胖的人才是有錢人，才夠體面，所以總是希望自己胖一點，有點像古代中國人說的「福相」，而甜食不用說當然是福相的好幫手。不過從感性的層面來看，我想印度是因為生活一直太苦了，多吃甜食可以減輕痛苦感，產生幸福感，把人從現實的痛苦中催眠抽離。老一輩的人常說，沒吃過苦頭，哪嚐得出甜頭的滋味，我想，照這個邏輯，印度人個個該都是頂尖的甜食家。果眞如此的話，我想印度所謂的精神食糧就眞的不是只能看不能吃的東西，能夠慰藉他們最多的，畢竟還是眞正的食物，而且必須是甜食，因為甜食的副作用是—抗—憂—鬱！

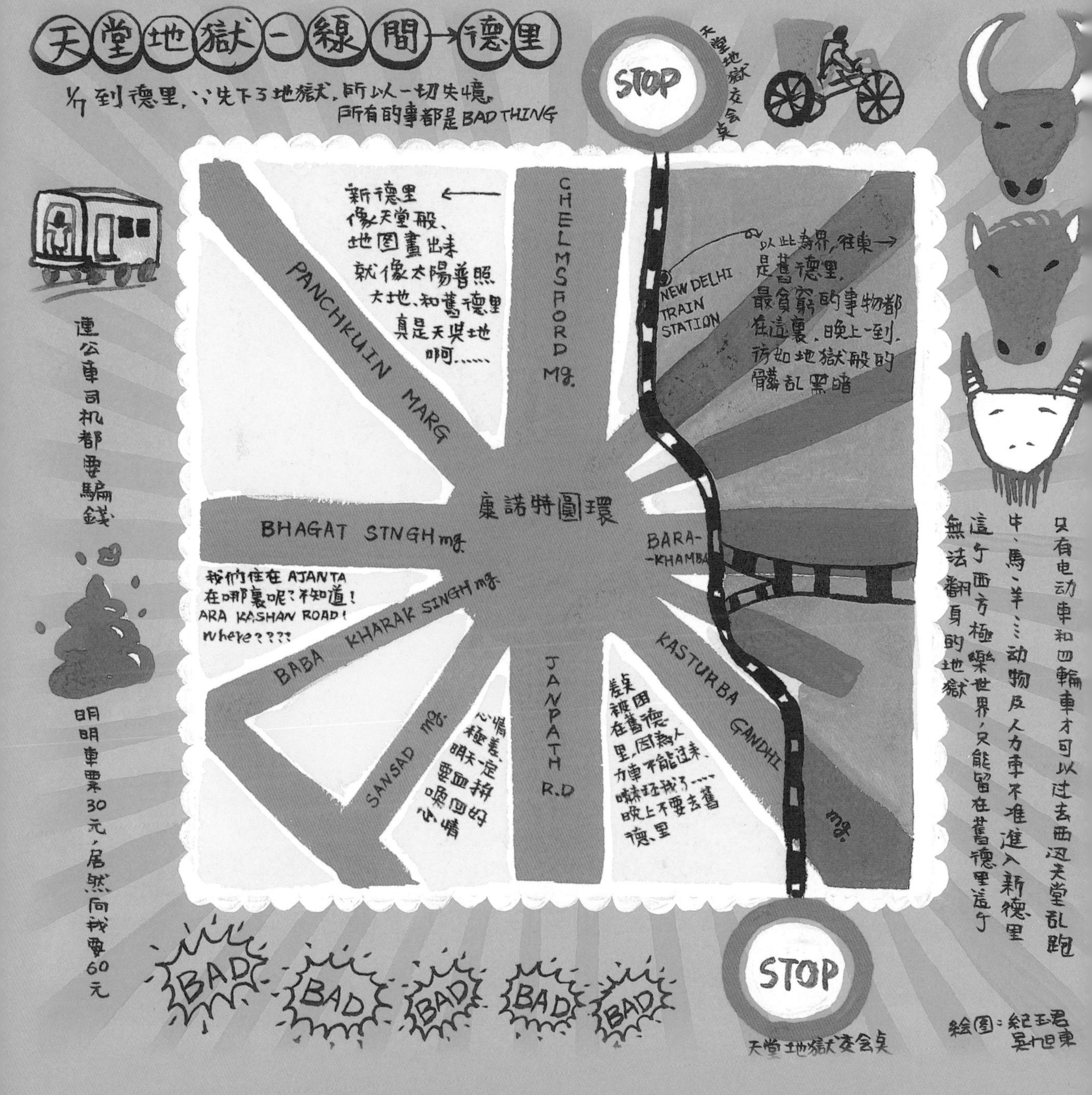
天堂地獄一線間→德里
1/7到德里，心先下了地獄，所以一切失憶，
所有的事都是BAD THING
STOP
天堂地獄交会臭
新德里
像天堂般，
地図畫出來
就像太陽普照
大地，和舊德里
真是天與地
啊……
CHELMSFORD mg.
PANCHKUIN MARG
以此為界，往東→
是舊德里，
最貧窮的事物都
在這裏，晚上一到，
彷如地獄般的
髒亂黑暗
NEW DELHI
TRAIN
STATION
連公車司机都要騙錢
康諾特圓環
BHAGAT SINGH mg.
BARA-
-KHAMBA
我們住在AJANTA
在哪裏呢?不知道!
ARA KASHAN ROAD!
where????
BABA KHARAK SINGH mg.
SANSAD mg.
心情
極差，
明天一定
要血拚
喚回好
心情
JANPATH
R.D
差點
被困
在舊德
里，因為人
力車不能过來，
嚇坏我了……
晚上不要去舊
德里
KASTURBA GANDHI mg.
只有电动車和四輪車才可以过去西方天堂乱跑
牛、馬、羊、三动物及人力車不准進入新德里
這个西方極樂世界，只能留在舊德里這个
無法翻身的地獄
明明車票30元，居然向我要60元
BAD
BAD
BAD
BAD
BAD
STOP
天堂地獄交会臭
繪圖：紀玉君
吳旭東

這片沙漠只有這一小塊綠洲，不過這塊綠洲也愈來愈小，下雨次數也愈來愈少。畢許諾（bishnoi）的前四個字母是二十的意思，noi是九，意思就是有二十九條戒律的民族。是15世紀時一位叫做Jambhaji的人創立的。

用念力過生活

地球第一批環保尖兵

「路上有好多鳥哦！都用走的耶！啊！開慢一點！不然會撞到牠們！」

在久德浦的沙漠道路中，我和波波一邊欣賞著路上的鳥，一邊擔心我們的旅館老闆兼司機會開車撞到這些鳥！

「奇怪？這些鳥看到車子開過來爲什麼都不會飛走，還這樣慢慢走到路旁去啊？或者這根本不是鳥，所以不會飛？」

這些一直用兩隻腳走路的鳥，實在讓人感到好奇，讓我不禁懷疑自己是否看錯了？

「牠們是鳥沒錯啊！只不過不需要那麼緊張用飛的啊！這一整個沙漠區都是畢許諾民族的綠洲地，他們在這裏已經生活了兩千多年了，在這裏，他們不只每個人都吃素，而且絕對不能殺生，所以鳥根本不用擔心會被人類射獵或是被什麼交通工具壓死，在這裏看到生物是要禮讓的！」

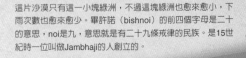

哇！這麼說來，畢許諾民族可謂是世界第一群環保尖兵了！令人更為佩服的是：請注意，這是一群沙漠民族，也就是說生活在沙漠，除了獵食一些獸類以供溫飽之外，植物實在是少之又少的，但畢許諾人五百年來卻能堅守不殺生的原則，一直用最古老的方式在沙漠生存到現在！

眞的很令人好奇，究竟支持他們的信念到底是什麼？

「畢許諾人認為所有的動物都像母親一樣，所以殺不得。譬如說：牛會生產牛乳讓人喝，牠要是死了，皮也可以讓人用；鳥或蝴蝶會吃樹的果實、採花蜜，幫助植物在其它地方落地生根或開花結果。沒有動物人就會活不下去，人類從動物那邊得到的東西這麼多，怎麼可以殺動物呢？」

看來畢許諾人的「飲水思源」觀念比中國人來得徹底，聽得我都有點不敢吃葷了，只是我還是不由自主的想著，這片土地雖是綠洲，但也不是什麼物產豐盛之地，眼睛所到之處還不都是一堆枯土黃葉，畢許諾人哪有什麼植物可以吃？

萬能的鴉片！請賜予我神祕的力量！

「等一下我們要去畢許諾村酋長的家，我已經和酋長連絡過了，他會請我們吃個很簡單的中飯，就像畢許諾人吃的一樣，你說想穿穿他們的傳統衣服，也可以向酋長的女兒借來穿穿。」

來到印度，還沒看過什麼叫做印度的酋長，我對於印度酋長的樣子感到十分好奇，不知道和我們認知中的印地安酋長、毛利人酋長、原住民酋長的樣子有什麼不同？

「這就是酋長，他說我們必須要脫鞋進屋，等他女兒做完飯我們就可以吃午餐了！」

脫鞋進屋？基本上這整個村子的地板都是原始的泥土地，而牆壁也是最環保的牛糞牆，所以要脫鞋進屋其實讓人感到有點怪異，但是在印度混了十幾天的我們也已訓練有素，「脫鞋子」這件事在印度可能已經不只是清潔的意義而已，再髒的廟進廟都得脫鞋，進別人的店舖也得脫鞋，進別人的家得脫鞋，似乎是在表達一種尊重及卸防的義涵。

「午餐好了，酋長說要開飯了，就地吃吧，大夥都在外面吃，他們平常也都這樣的。」

「前菜是每人一盤，待會兒主菜上的時候再一起分著用嗎？」看著剛煎好的粗麵薄餅及沾醬放了一整個鐵盤子，我想雖然這是一大塊綠洲地，但終究是沙漠地區，水源算頗珍貴，怎麼不通通放在一個盤子裏就好，分開裝豈不是又要浪費很多水洗盤子？沒想到原本以爲自己很體

這就是畢許諾酋長的家，我們一到門口他就出來迎接我們，酋長自己也脫鞋。畢許諾的男人都穿著白色的布衣，象徵純潔，女生的衣服配色就相當大膽華麗。

這就是讓我們驚訝的午餐！

貼，要減輕別人的麻煩，沒想到卻讓大家都尷尬了一下下！

「哦！這就是全部了！粗麵餅是主菜，沾著甜醬吃，旁邊的豆泥是配菜，你也可以用麵餅捲著豆泥吃！」

果—眞—是—簡—單—的—午—餐！我不過是一餐沒吃好沒什麼關係，倒是他們整天都得幹粗活兒，每餐都吃這麼少又這麼簡單，哪來的體力？不過即使是這樣，他們仍舊堅持要吃素，眞是令人心生敬意！

「待會兒酋長要請你們喝鴉片水哦！他們可不常喝呢！是奢侈品哦！」

「鴉片？這裏有鴉片？有人經營販毒的生意嗎？沙漠應該也種不出罌粟花吧？」

「當然是買的！在畢許諾這塊土地上，鴉片是合法的。」

「合法的鴉片？爲什麼在這個地方合法，在其它地方就不合法呢？」

「他們很窮，又都吃不飽，常常沒體力，可是又要幹很多活兒，所以偶爾吃點鴉片，會讓他們產生一些幻覺，讓他們感覺自己很有體力！」

我哇哩咧……說到這裏，叫我該怎麼接下去？我喝著苦苦的鴉片水，對於這個村落生活上的苦，心靈上的富足，只感到無比敬意，而非無奈。

近年來由於印度政府不斷地發展核武，這片沙漠基本上是印度政府常拿來試爆核彈的地方，原本就已經貧瘠的土地更加寸草不生，且原本每年都會有一段時間是雨季，可能也因核彈試爆的關係，數年沒有下雨了，儘管如此，居民們還是不改他們的生活方式，依舊維持他們的信念活在這片土地上，偶爾撐不下去時，也只是靠鴉片麻醉一下他們的神經，讓他們相信他們一定可以！我相信，很多事不是靠體力和腦力成就出來的，而是靠意志力撐起來的，例如台灣的經濟奇蹟！自我的念力絕對可以形成一股願力，讓全世界都站在你這邊。

史上第一批共產黨

「待會兒村民會讓你們看一些手織的地毯，全村家家戶戶幾乎都在織這種地毯，只有展示地毯那家不織，因爲他們負責販賣，如果喜歡的話，我想最好還是別殺價就直接買了，他們大家都很窮！」

哦！又是鮮事一樁！這是我們在印度買東西，碰到的第一個不能殺價的地方，我不是要故意佔人家便宜，但基本上印度每個地方都很窮，但每個地方都需要也可以殺價，雖然這裏又更窮了點，但是到了一塊錢都不能殺的地步，總覺得還有什麼其它良心方面的因素才是！

「你好！我是這個村子專門販賣地毯的人，是這村子公推出來的慈善事業者，因爲全村只有我會說英文，所以我就不負責織毯子。」

慈善事業者？販賣東西居然還有這種說法，聽起來像在台灣路上會遇到的諸如盲胞鉛筆之類的機構！不過這群人可都不是殘障同胞，爲什麼會跑出一個慈善事業呢？

「其實你可以把整個村子看做是一個共同

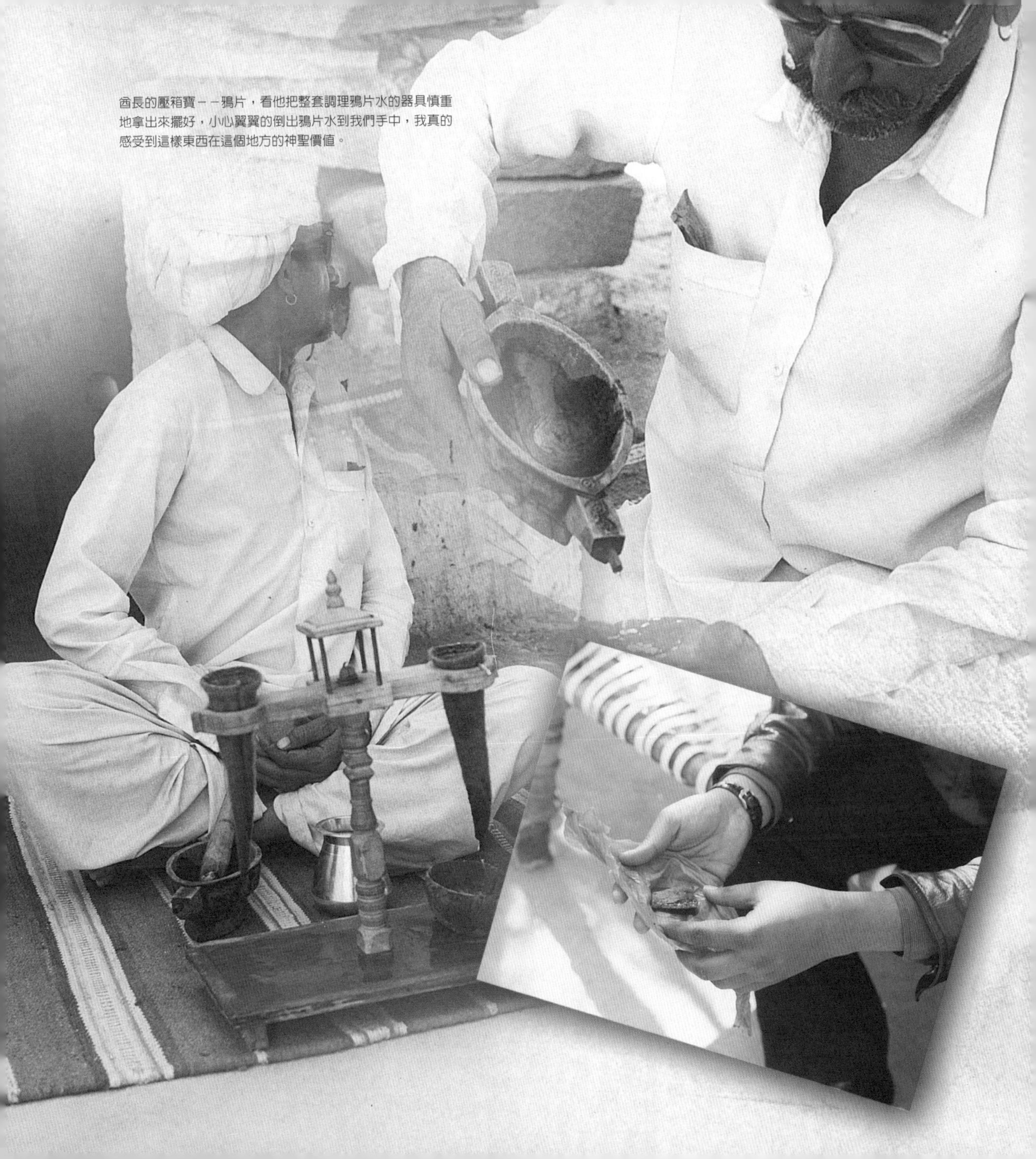

酋長的壓箱寶－－鴉片，看他把整套調理鴉片水的器具慎重地拿出來擺好，小心翼翼的倒出鴉片水到我們手中，我真的感受到這樣東西在這個地方的神聖價值。

體，他們負責生產，我負責販賣，再把所得的金額平分給大家，他們並不是我的工人，我也沒有僱用他們，沒有主僱關係，只有合作關係。」

好一個相信人性本善的地方，這樣的組織有點像共產主義的人民公社，基本上只要克服人性的許多卑劣處，共產主義是可以讓大家生活的像在天堂一樣的，而在馬克思尚未出現之前，這個民族居然就已經實行這樣的制度五百年！而且不能殺價的原因想來想去可能也和這個制度有關，如果價格是可以隨意更動的，那麼怎麼確定那些名爲因客人殺價而賤價賣出的地毯，到底是被賣的人污了，還是眞的被殺價的？（那個地方可沒有收據哦！）我看著這些專門要賣給外地人（我說外地人的意思是除了這個村莊有這種植物染的手工地毯之外，印度其它地方並看不到，所以包括觀光客或非畢許諾地區的人來到這裏，都會稍稍動心想買一條回去）的地毯，一方面覺得要帶回來實在有點麻煩；另一方面它的價格其實並不便宜，一條大約合台幣二千元，雖然是物超所值，但還是沒買，如果來到這裏的人都像我這麼想，這個民族肯定無以爲繼，

但不知怎地，我總覺得這樣美

這是我向酋長女兒借來的衣服，畢許諾族的民族服飾和一般紗麗有些不同，其實有點像中國無領子的鳳仙裝，再搭配全身上下叮叮咚咚的手飾，以及桃紅加紅色的大膽配色，真的是把所有的豪華裝備都穿上了。

這是專門販賣地毯的人的家，牆壁也是牛糞牆。他和妻子展示了許多用植物染料染製而成的手工地毯給我們看，每件的花色都是織地毯時隨意設計的，完全沒有草圖，所以樣樣都是獨一無二的。除了現場秀一下織地毯的方式，他特別拜託我，在書上幫他宣傳一下，這是他的地址和聯絡電話，可以郵購喔。

地址是：ROOPRAJ S/O SARDARMALJI BHOBRIYA VO/PO SALAWAS
DITT JODHPUR INDIA(RAJASTHAN)
電話是：091-0291-896658

這是畢許諾人的「天然冰箱」。沙漠地區較炎熱，又買不起冰箱，所以用最古老的方式做了許多土甕，將水放進去土甕裏放涼以保持低溫。用頭巾蓋住整個頭部的是製甕人的妻子，已婚的畢許諾女子必須把自己的臉部遮起來，不可讓別人看到自己的真面目。

好的東西，就該屬於這樣一個桃花源，把它帶回台灣，只是徒然帶回形式，終舊帶不走那美好的桃花源世界，就像泰姬瑪哈陵的小模型，雖然能帶著走，卻帶不回那棟建築所代表的永遠。不過，回台灣後，我終究後悔不已，不管我帶不帶回那地毯，這不能殺價的二千元，其實是聲援這種生活方式最好的方法，在這個世上，能夠堅持原則的人已經不多了……

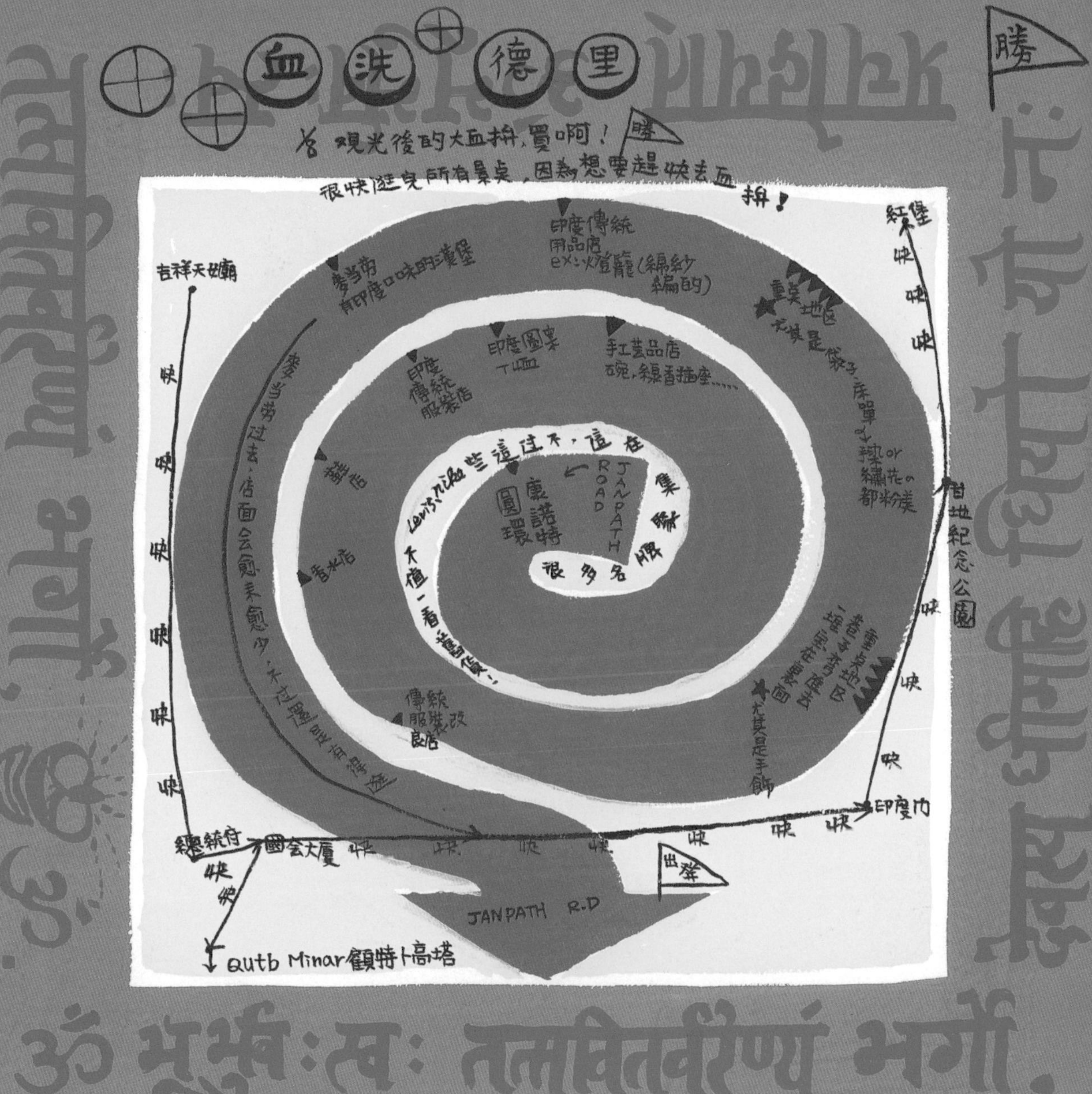

血洗德里
勝
觀光後的大血拚，買啊！
很快逛完所有景点，因為想要趕快去血拚！
吉祥天女廟
紅堡
印度傳統用品店 ex:燈籠(編織編的)
麥当勞 有印度口味的漢堡
重要地區 尤其是被子、床單、染or繡花の都好美
印度圖案T恤
手工藝品店 碗、線香插座……
印度傳統服裝店
鞋店
香水店
JANPATH ROAD
康諾特圓環
很多名牌聚集在這，不过這些
不值一看
傳統服裝改良店
尤其是手飾
甘地紀念公園
印度門
總統府
國会大厦
快
出發
JANPATH R.D
Qutb Minar顧特卜高塔
ॐ भूर्भुवः स्वः तत्सवितुर्वरेण्यं भर्गो,

絵图：吳旭東／紀玉君

誰該付給印度創意顧問費？

用Shopping 為印度和自己搭起友誼的橋樑

「請問一下，你身上穿的這套衣服是在哪裏買的？」

「哦！那是我爸爸買的！」

「請告訴我你爸爸在哪裏？」

「嗯……那裏……」

「先生！請告訴我你女兒身上那套……」

泰姬瑪哈陵前，一個全身赭紅的小女孩在花園裏跑來跑去，本來要向前走到泰姬瑪哈陵正殿的我，不知不覺被吸引住，沒想到波波也同時盯上了小女孩身上那件紅衣服，兩人竊竊私語了一番，雖然知道這樣在國外追著一個陌生人跑很丟臉，也有點像變態的行爲，但因爲實在是太喜歡那件衣服了，所以還是情不自禁地追著這對父女，想要查出衣服的出處。（質料是薄綿紗的，染上紅色就會有份古典的飄逸，而且那個紅色染得一點都不俗豔，是很有氣質的紅，像

像這樣的手工袋子，一針一針的縫、一線一綫的繡，頗為耗時，亮片、金線邊、珠飾佈滿整個袋子是特色之一。

中國山水畫裏的紅牡丹）像這樣「請告訴我這東西是在哪裏買的？」的冒昧詢問，我們這一路上在印度也很不稱頭的做了無數次，但是沒辦法，所謂驚訝就是，在一個很貧困的國家，隨便在街頭瞄一眼，卻會發現眼睛所見的件件衣服、樣樣手飾都很漂亮，甚至連有些乞丐穿的裙子都美的不得了，如果你願意的話，付給她五十元，她很可能就脫下來給你了！大致上這些東西都可以自行採購回家，把自己打扮得很嬉皮，所以恨不

手飾是去印度必買的小東西，每個都很有特色，藍色手環就是銀製的產品，再將石頭磨成粉上色燒上去，其中駱駝代表愛情、馬代表力量、大象代表幸運。

得趕快查出是在哪兒買的，而且馬上就想擁有這一切。畢竟，Shopping這些東西還有一個好處，那就是這一路上所聞所見，沒有一樣東西能讓你帶回台灣，類似泰姬瑪哈陵模型彫刻之類的紀念物，總令人覺得只是徒然帶回一些形式的觀光行爲，而唯一能夠帶回來的就是Shopping的那些手飾、衣服等平時都會用到的東西，能夠讓自己在心裏上感受到因爲這些，印度不至於在旅程結束後就和我毫無關係。

基本上，在印度買東西非常的簡單，只要鎖定「手工藝品」，從碗、煙灰缸、床單、壁飾、手飾、服裝、袋子、鞋子，日常用品到身上的穿著，只要自己看上的樣樣可買，因爲幾乎都是手工製。（別忘了，印度什麼沒有就是人多，很可能機器做的還比人做的貴，不

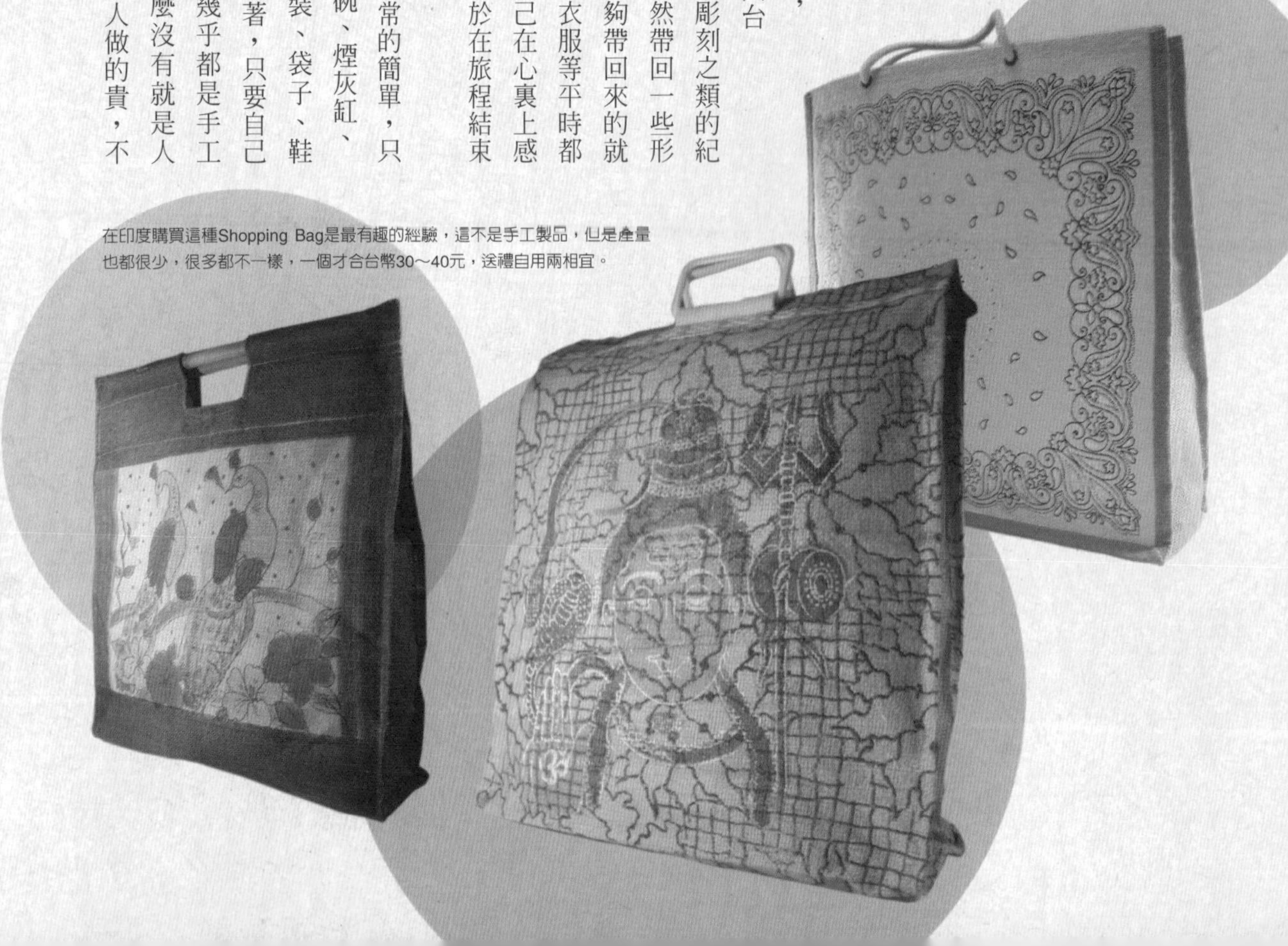

在印度購買這種Shopping Bag是最有趣的經驗，這不是手工製品，但是產量也都很少，很多都不一樣，一個才合台幣30～40元，送禮自用兩相宜。

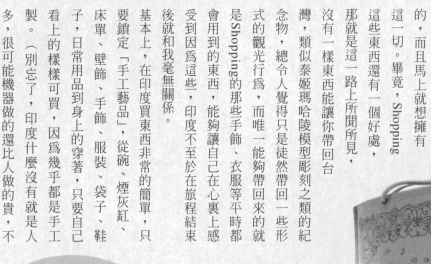

過，現在印度人精的很，知道咱們這些外國蕃仔喜歡手工，以爲手工就很貴，所以開價開高一點時也會特別向你強調因爲是手工製的）手工製的意思就是說：就算同樣的版子，每次執行也都會不同，所以帶回台灣來。不只全台灣只有你是唯一，你買到的東西可能會是全世界的唯一。我的朋友，一些只愛去已開發國家旅遊的人，一聽到這點，個個都動起了坐上飛機直飛印度首都新德里的念頭，大量採購後便直飛回台灣，畢竟，用很便宜的價錢買到世界上獨一無二的東西，而且又可以帶動貧困國家的經濟，像這樣能夠滿足自己的欲望、虛榮、與

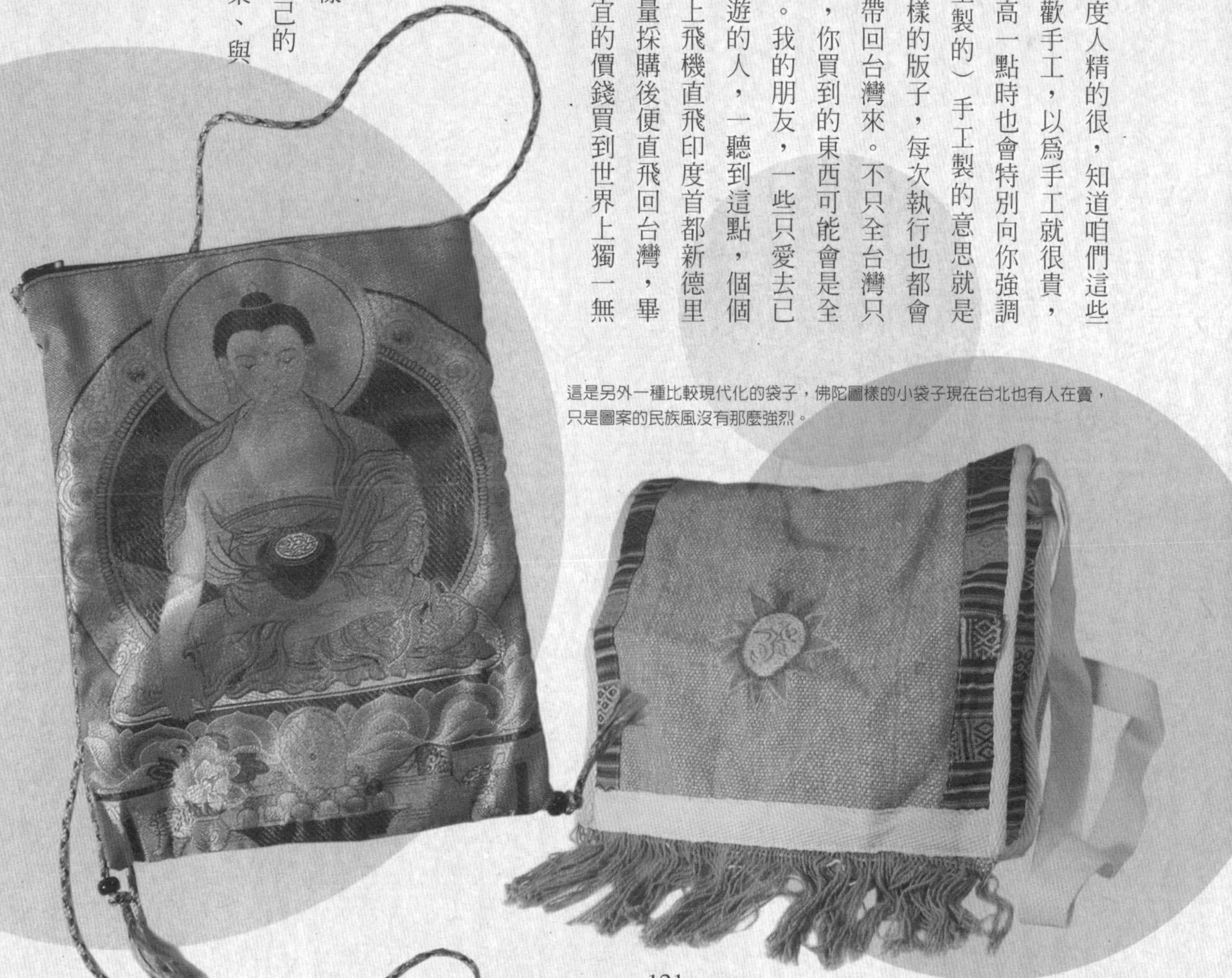

這是另外一種比較現代化的袋子，佛陀圖樣的小袋子現在台北也有人在賣，只是圖案的民族風沒有那麼強烈。

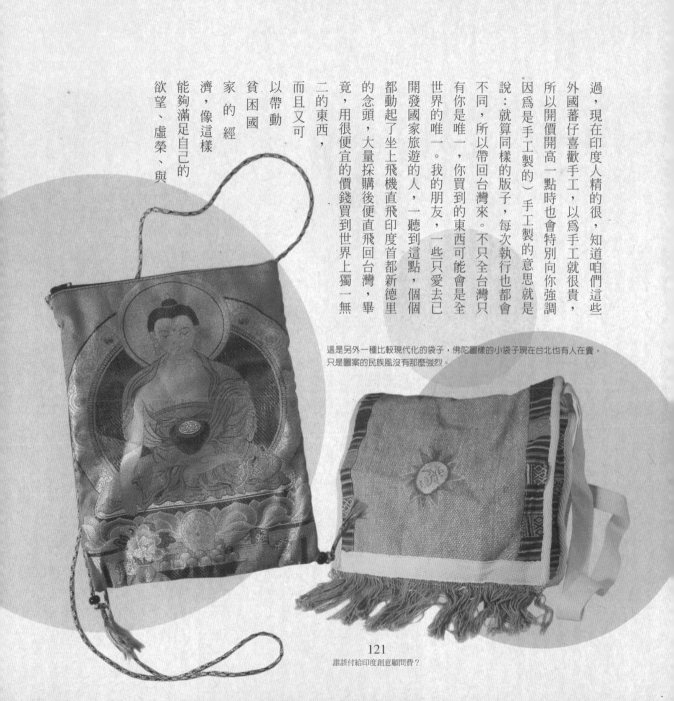

眾不同，又能幫助別人的「道德性敗家行爲」，多買多積陰德，少買必遭天譴。另外更勁爆的是，很多印度古代留傳至今的穿著打扮，其實都是現在時尚界互相模仿或尋求靈感的對象（像幾年前王菲的熊貓粧在印度可是連小孩子都會的技法，印度人很強調眼神的重要性，所以在印度用眼線筆是不夠看的，印度用「眼線膏」，長得很像黑色的口紅，不過是拿來塗眼框的，塗的方式也和塗口紅差不多就是了，滿滿地畫了一圈，貨真價實的熊貓粧就OK了，印度人從四千年前就這樣畫眼睛）所以只要把印度的東西都帶回家，每年都可以走在時尚的尖端，別說現在吹印度風剛好可以趕流行，就算明年印度風不吹了，還是會有設計師從印度擷取靈感。曾經看過一則文章，上面說瑞士政府每年都派

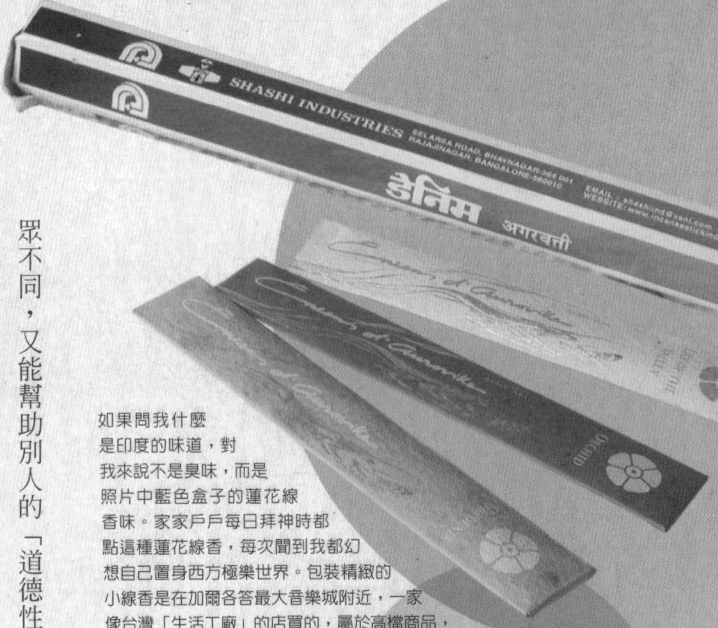

如果問我什麼是印度的味道，對我來說不是臭味，而是照片中藍色盒子的蓮花線香味。家家戶戶每日拜神時都點這種蓮花線香，每次聞到我都幻想自己置身西方極樂世界。包裝精緻的小線香是在加爾各答最大音樂城附近，一家像台灣「生活工廠」的店買的，屬於高檔商品，各種味道都有，算是改良式的傳統東西，好玩的是插置線香的小工具，一隻隻不同的動物，背上有打洞，線香直接放著就可以了。

砂畫是印度畫的另一項特色，所有的顏色都來自各種天然的石頭，而金色就真的是黃金砂。每一幅畫背後會告訴別人這幅畫的顏色來自什什麼樣的石頭。

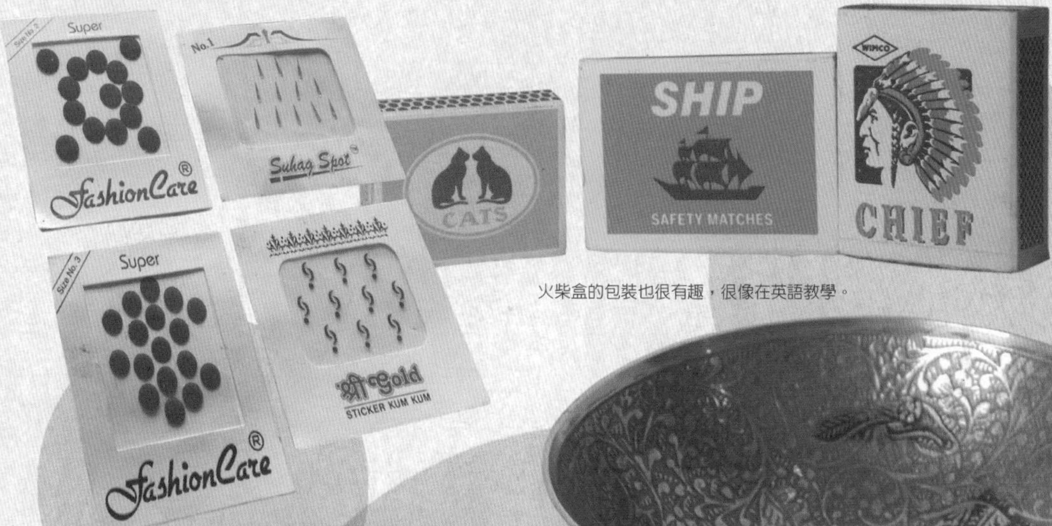

火柴盒的包裝也很有趣，很像在英語教學。

這些印度的傳統東西最有趣的是，包裝很有印度風。一點一點的是用來點在眉間的「蒂卡」，就是許多印度女人會點的那種；而一盒盒包裝起來的是用來畫在女生頭髮分線上的紅色顏料。蒂卡是未婚女人的標幟；在頭髮分線上畫上紅色的則代表已婚了。

這種印度碗好看但實不實用，是否會掉色就不知道了，但買回來裝小東西也不錯，如果你捨得的話，當菸灰缸我覺得倒是滿酷的。

加爾各答的皮件品質極好，只是圖樣花俏，就看你運氣夠不夠好，或許會挑到個有ANNA SUI風格的皮件也不一定。

印度的玩具都很有特色，大象底下的小球轉一轉，象鼻子和象尾巴就會搖來搖去，船更是絕，點了火就會在水上跑。

久德浦的染色技術超級好，不曉得為什麼染起來的顏色就是特別亮麗，許多國際設計師都要來這裏學習。

這件長洋裝也是印度傳統服裝的一種，不過一般花色可能我們的接受度會較低，這是我找了好久才找到的，我喜愛它強烈的民族風。

一批人去義大利代爲索取大筆「贍養費」，因爲瑞士每年都有一大票女性在夏天的時候，被義大利暖洋洋的陽光和眼睛會勾人的義大利帥哥吸引到義大利去渡假，然後就會帶著和義大利帥哥共同製造的「愛的結晶」回瑞士，基本上瑞士每年都幫義大利人付出了大筆的支出，扶養他們那些流落到瑞士的小孩，說來說去，義大利人只是每年付點錢盡點做爸爸的義務，聊表心意而已，算起來還便宜了他們呢！照這個實際案例來判定的話，現在全世界都在說著作權法，每個人都在保護自己的創意，嚴懲抄襲，所以印度政府每年也都該派員去法國、義大利、紐約、日本……等時尚重地，向各大時尚品牌索取一筆顧問費回饋印度，否則個個都有偷取別人靈感並拿來營利的嫌疑！

Shopping天堂在新德里

有機會到久德浦去，別忘了到市集去做件裙子。先買一件布裙，這種布裙其實是穿紗麗時用的襯裙，不是真的裙子，再到市場剪塊喜愛的布做成一件裙子，加一加才合台幣200元左右，料子和染色都好的沒話說。

這就是那件在亞格拉無意中買到的繡花裙。

許多上衣是很實用又有印度風的極品，長袖在印度俗稱「奶油棉」，也就是台灣說的絲棉，不過比絲棉更柔軟，像要化掉一樣，所以叫做奶油棉。

這是標準的印度燈籠褲，也就是我們常會在電影或電視看到類似像波斯褲般的設計，褲管很寬，褲腳處則收起來讓它合身，褲頭的設計如同所有印度服裝下半身的聰明設計，不分尺寸，都做成寬寬的，然後將穿在裹面的帶子一拉，就成了合身的褲子了。

喀什米爾地毯的品質光亮無比，正面看、反面看都是一幅畫，廠商現場示範製作過程，切工和織工的確比一般地毯細膩。

「我看新德里這些觀光勝地、名勝古蹟，我們四個小時就把它解決掉吧！」

「是啊！別待在這裏太久啊！照張相就走吧！我們趕快換下一站！」

「眞是擔心我們會不會沒空逛Janpath路啊……」

我們這趟旅程，來來回回新德里數次，但因班機一直delay的關係，每次在新德里都只能夜宿之後又離開，因爲新德里是往其它城市的交通樞紐。好不容易唯一一天是整天時間都在新德里的，我和波波卻異常的緊張，開始出現了持續不斷的這種超級觀光客行爲。原因是自從泰姬瑪哈陵那對父女告訴我們衣服是在新德里買的時候，我們頓時對新德里充滿了期待，非常害怕被新德里那些數不完的名勝古蹟耽誤了我們Shopping的時間，問題是我和波波的組合又剛好是孬種加上孬種，像「既然想Shopping，就別看古蹟了吧！」這樣勇敢的建議我們都互相說不出口，原因只是覺得沒去看

印度的鞋子有趣在船型頭設計，今年也很流行，而且駱駝皮製成的鞋子，不但合腳且柔軟又耐穿，據久德浦皇宮的侍衛告訴我們，一雙鞋天天穿還可以穿二年。

好像怪怪的，所以只能用最快速的方式把那些古蹟看完，安撫一下不安的情緒，然後便急急往新德里的Shopping大道——Janpath Road趕去。

新德里是印度的首都，也是交通樞紐，所以人潮較多，也有許多外國觀光客和各國政府和企業的駐外人員在這裏，如

印度可說是小可愛的始祖，紗麗上半身配的就是小可愛。

像這樣的尼泊爾服在印度也愈來愈多，可能是尼泊爾移民愈來愈多的關係，我和波波在路上遠遠就看到她這一身服裝，驚豔之餘顧不得失禮便要求她讓我們拍下來。

果想要買的東西在別的地方眞的找不到或忘了買，最後的機會就是在新德里，當然價錢也比在原產地高一點。尤其是那產在長年爭戰的喀什米爾的喀什米爾羊毛，我們這趟旅程就因爲巴基斯坦和印度又在喀什米爾開戰而無法前往購買，但新德里是離喀什米爾最近的城市，所以當然有好貨色進來。

只不過喀什米爾羊毛在原產地就已經不便宜，到了新德里更貴，一條純喀什米爾大披肩（大歸大，展示人員在秀喀什米爾披肩時，可都是用一個小小的戒指而已，只要是純的喀什米爾羊毛就夠柔軟，再大的披肩都可以輕易穿過那個小戒環），在新德里買大概合台幣四千元，跟台灣的價格比起來，其實不買是可惜了點！（不過我還是沒買，因爲四千元對我來說很貴）

新德里的服裝、手飾、袋子等手工藝品是一絕，因爲它很成功的將印度傳統手工藝和現代的樣式結合，像斜肩揹包便是先選定一個先進國家流行的款示，裁剪之後再加上

這是印度的「KANI」繡，是用絲線包著棉花繡上去的，大部份做成掛飾或壁飾，其實有點像台灣繡八仙彩的功夫。

到瓦拉納西必買的東西就是大披肩。因為質料好又比其它地方便宜。把大披肩往身上一披，就很有伸展台模特兒的架勢了！

這是標準的紗麗穿法，我發現印度女人真的很厲害，只利用摺和塞就能把一塊布緊緊的裹在身上，而且不會掉落，要說山本耀司是一塊布始祖，和印度比起來，誰是師父該以時間的早晚來定勝負。

印度手工繡花和裝飾，便成了一個獨一無二的斜肩揹包。擁有這樣一個包包，走在路上也會覺得自己和包包一樣，與眾不同，我和波波兩個人在新德里不知道買了多少袋子和手飾，買到自己也能深深的感覺我們正從道德性的敗家行爲開始向下沈淪，日後再買袋子和手飾必遭天譴，不容於世！

瓦拉納西的窗簾也很出色，花樣都很優美，只是料子很像防水布，而且比較薄，可能沒有什麼遮光的功效。

不當機立斷，就註定懊悔終生

「女士，你們要到哪裏，坐我的車好嗎？」

「女士，可否容我帶你們到我朋友的一家店去，只是去看看，好不好？」

「女士，老實告訴你們，我拉這人力車實在賺不了什麼錢的，但是如果你們願意讓我帶你們去我朋友的店逛逛，只是逛逛不買東西，他們就會給我十塊錢，請和我去我朋友的店吧！」

在印度不管是坐人力車、摩托車人力車、汽車，這種情形都會一直層出不

恒河畔有許多賣傳統花樣布料的小攤子，每一塊布都讓人想把它帶回家。

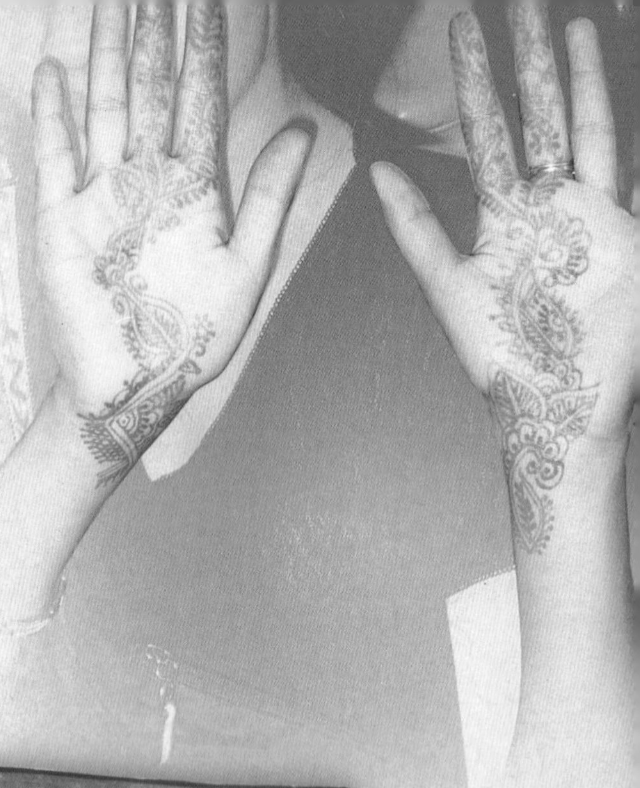

這就是我這趟印度之行的夢幻逸品－－傳說中的「MEDAI」，不過照片中的美女也不知道該去哪兒買，因為是她媽媽買給她的。瑪丹娜在〈萬丈光芒〉裏運宣傳品都是採印度風格製作。

窮，基本上就是司機兼掮客就對了，通常他帶去的店也都會貴一些，畢竟羊毛出在羊身上，店家要付給掮客的錢當然還是得從我們身上來。不過有時候和掮客去有個好處就是一些怎麼找都找不到的東西，問問掮客他們大致上都知道在哪裏，反正要記得，到掮客介紹的店去買東西，一定要狠狠地殺價，否則照他們亂喊的原訂價實在貴得太離譜了！我和波波兩人遇到最誇張的就是在亞格拉遇到的這位人力車車夫，原本覺得只要我們人到店裏，別人就有十塊錢可拿，那就幫個忙也好，不幸的是，善良的我

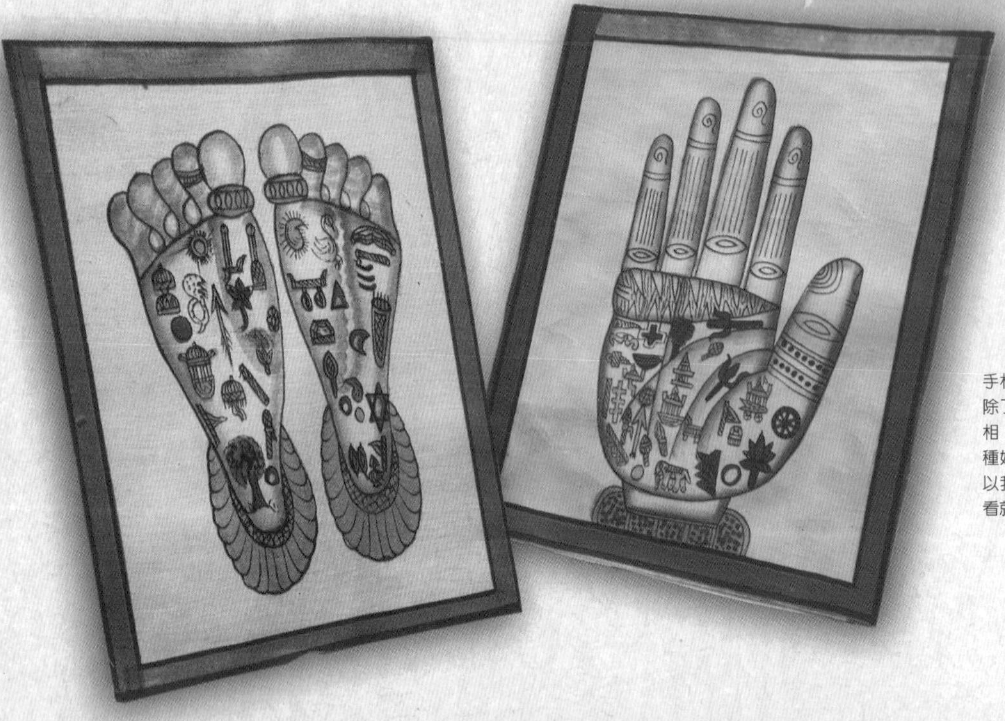

手相是中國古老的智慧，印度除了手相之外，還多了一種腳相，不過畫的東西都是古印度種姓制度用以識別階級的，所以我也看不懂，只是覺得很好看就帶回來了。

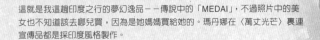

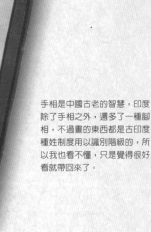

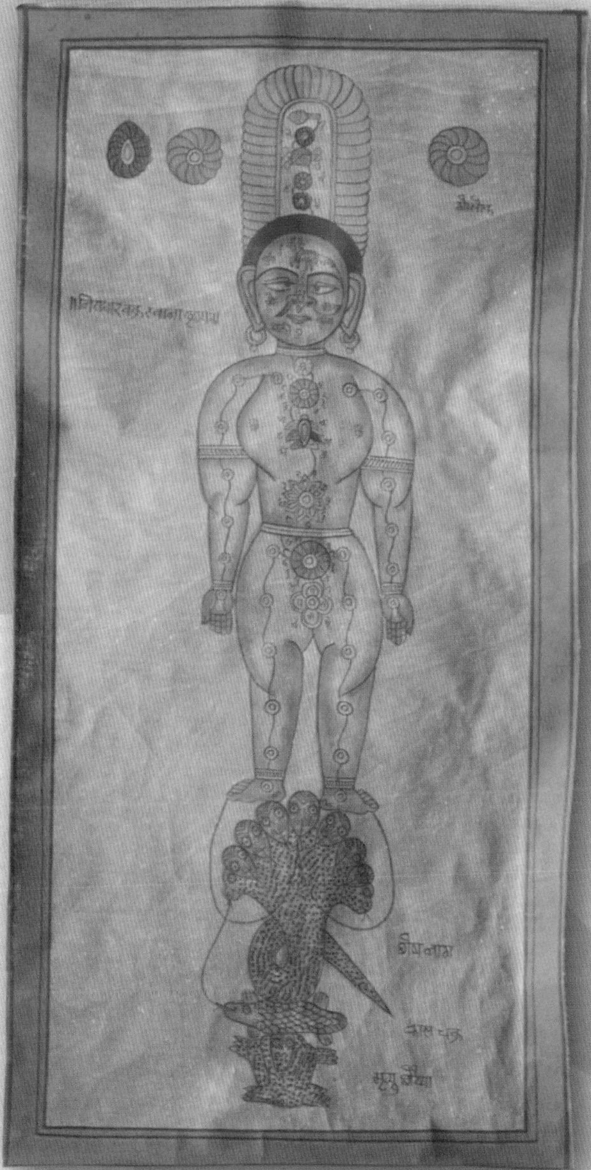

們碰到這位貪得無厭的車夫，一家接一家的要我們看，總共看了四家還不罷休，整個下午，我們的軀體就這麼出借給他當搖錢樹，不過後來我們也意外的發現一家我們在市區裏沒看到的服飾店，原本很氣車夫又帶我們到這家店來，原本什麼東西都不想買，而且又覺得老闆開的價錢實在離譜，後來還是決

這是赫赫有名的印度七卦，現在很流行的家居生活用品品牌——AVEDA的香精油，就是採用這個原理。印度語叫做「CHAKRA」，是氣卦的意思。依照AVEDA的解釋如下：

根源卦——位於脊椎的底部，主宰勇氣、安全感
喜悅卦——位於性器官，主宰滿足、豐碩、精神感受
動能卦——位於胃部，主宰精力、自我肯定
生命卦——位於心臟，主宰愛心
語音卦——位於喉嚨，主宰自信心
思想卦——位於前額，主宰心胸是否寬大、有同理心
極致卦——位於頭頂，主宰滿心喜悅

定買了一條全部手工繡花的裙子，因爲實在好看得不得了，今年很多專櫃都流行仿印度的手工繡花和花樣，隨便一件都要四、五千塊台幣，我們在印度買這條裙子，使出渾身力氣殺價，開價七百，最後以三百五十元成交（我們還以爲我們買貴了，後來調查一下物價，幸好沒有，所以在這種揹客店買東西大概就是五折才是合理價格）更讓我們高興的是，後來走過幾個城市之後才發現，這樣的裙子，只有亞格拉這家有，其它地方都沒有，又是件舉世無雙的絕妙珍品，幸好有買，否則回台灣想到此事必定會切腹自殺向我的身體謝罪，因爲一時的小氣害得我的身體無法穿到一條獨一無二的裙子。在印度買東西的原則還是看到喜歡就要買，因爲接下來的下場很可能就會是回心轉意想買，卻已經離開當地，之後怎麼找都找不到，連到新德里都常常有錢沒得買！我在印度最常感嘆的一句話就是——千金難買早知道！也因爲如此，所以留下了一堆夢幻逸品在印度。

打洞族創始人　瑪丹娜也得來拜師

打洞族是愈來愈多了，在台灣或其它歐美國家，這似乎很不得了，不過在印度就沒什麼了，滿街都是掛鼻環、穿肚環、打唇環的女人（女人打鼻環表示已婚，其它是什麼意思就不清楚了，不過似乎是已婚女性才會在身上打洞掛這些）而男人的手飾則是在比多比重的，什麼重金屬樂團都別想比得過他們，女人的手飾就更不用說了，多得簡直會讓人走不動！如果以時間來算的話，那麼印度人就是所有龐克族、重金屬樂團、打洞族的先驅，光是這點就得先向那些先進國家收取一筆可觀的創意發想費用，不然也可收點抄襲懲罰金。

不過，該付最多錢的人可能是瑪丹娜，

幾年前這位流行教母以「Frozen光芒萬丈」風靡全世界，最叫人難忘的就是那一身的黑色印度裝扮，最令人嫉妒的是她手上畫的那些圖騰，在印度叫做「Medai」（希望我沒拼錯），那是我此行在印度的夢幻逸品，只要看到女生手上有畫，我就會跑過去問人家去哪裏買，天天追著問，到後來還是買不到，實在

一些有印度風味的包裝袋。紫色的是印度最大音樂城的袋子，是高檔品哦，質材較厚，其它像裝衣服用的塑膠袋，就非常的薄。

無緣！傳說中的「Medai」就在我這趟印度之旅裏，爲我烙下永難磨滅的傷痕。「Medai」是一種染劑，需要和酒精與某種特殊調和劑混合在一起，變成液態顏料，印度女人常用它來裝飾，不只可以畫在手上，更可以拿來染髮，據說有的還有護髮作用，遇到參加喜慶或過節祭祀的時候，「Medai」更是不可或缺的要角。

只有經典，沒有流行

在印度看到的東西，每一樣都沒有時髦性，那就是印度人四千年來一直在使用的東西，美的天賦，讓印度人天生就是裝扮和配色的行家，雖然這樣的美學世界極度封閉，但卻多了別人仿效不來的在地氣息，而且吸引了世界各國的設計師前來觀摩學習。在這裏看不到轉來轉去的流行身影，卻可以不斷感受到不受時空限制的經典威力。很多時候我們常覺得未開發國家和開發中國家的人，面對西方世界時都會自行矮化自己，而且常藉一些形式上的模仿（比如穿著）來掩飾雙方的差距，但在印度，至少從穿著打扮這點來看，我沒有看到開發中國家對西方世界的迷信，只感受到一股堅定不移的尊嚴。這幾年時尚界吹中國風，早已被我們自己打入冷宮的中國式傳統服裝，現在又開始流行，當然如果只是跟著流行走，早晚有天也是會退燒，而台灣的傳統服裝到底是什麼呢？我想我和大部份的台灣孩子都搞不清楚吧？

血拚天堂在印度
買到死！
•手環、腳鍊，所有飾品
•地毯，床單，壁毯
•鞋子
•袋子（都是極品）
•居家擺設用品
•香水
德里來買哦！
•手工繡花襯衣
•大理石雕刻
•大理石鑲嵌飾品
•砂畫
久德浦
來買哦！
•桌巾、窗簾
•絲製品
•披肩
•有關印度教祭神祈福的用品
孟加拉
亞格拉
瓦拉納西
加爾各答
這裡Shopping要技巧
•染布技術一流到市場去，看到喜歡的布就剪，在那裏做或帶回皆可
•古堡裏的店家都可以買，不過爲觀光客，所以還是要殺價
•駱駝皮の鞋，超軟超好穿
來買哦！
•Shopping Bag
•眼線膏
•手環
•衣服
•玩具
購物桌
•New Market
•old Market
•Ac Market
是百貨公司的意思啦、長得和万乌差不多
繪圖：是旭東
紀玉君
哈名牌族不要來

貓狗和樂融融在印度

這是最黑暗的地方，也是最亮的所在

「司機先生，我們要去的是泰戈爾的家，我想……你又開錯了吧？」

「女士，這就是泰戈爾他家，不會錯的！」

眼前的司機說得斬釘截鐵，不過看起來實在雞搥的我，也不是就完全懷疑得沒道理。一來，泰戈爾的家聽說很大，怎麼會在這個雞不生蛋、鳥不拉屎、晚上來可能會被嚇死的地方？二來，他一路上都在問人家泰戈爾的家要怎麼走，更離譜的是，被問路的很多人居然都不知道！據書上說，泰戈爾的家除了博物館

這就是「印度紅毛城」－－泰戈爾的家。全部都漆成紅色，有許多藝術界人士在這裏從事藝術活動，有泰戈爾銅像那一棟開放做為博物館；泰戈爾出生及死亡的房間，以及起居室和廁所都在那一棟，禁止攝影。

可供參觀之外，其它部份則用來當作學校及一些藝術社團的聚會場所，是現今印度的藝術重地，所以一般沒有唸過書或比較不關心這方面事情的老百姓，不知道泰戈爾的家在哪裏也是正常的，但是身爲一個司機不知道就太過份了！我們要去泰戈爾家的沿路上，經過的都是我沒看過的加爾各答光景，之前我總是在印度博物館和新市場附近逛，那算是商業區，現在才算眞正走進印度市井小民的城鎮裏，老是瀰漫著煙霧的空氣中，總會忽然在車子的擋風玻璃前，湧來一批騎著腳踏車、披著披肩禦寒的人們，牛兒穿過，狗懶懶地睡在陽光中、破舊的小吃攤棚子、人永遠摩肩擦踵地擠來擠去，很像很多電影裏描繪的十八、十九世紀

版畫是這一次到印度的驚豔之一，特別有生命力，而且不管是牆上的銅版壁畫或是石頭壁畫都特別的好看，所有繁複的線條都表現的可圈可點，除了樸實之外，還多了幾分不刺眼的華麗。

這就是可愛的網友一家人，他們家的廚房放滿了各式各樣的食物，就是沒有牛肉和豬肉，偏偏網友的媽媽本來是基督教，什麼肉都不忌諱。這些不同神祇的神壇都一起進駐網友爸媽的房間裏，很和平的共處著。

的印度，影像感太過於熟悉，讓我頓時陷入一種前世今生的恍惚裏，才剛回過神來，實在沒有辦法相信這些破舊的小巷弄裏，破舊的石牆和鐵門後面，就是大詩豪泰戈爾的家。

「哇！泰戈爾家眞的好有錢，沒想到外面這樣，裏面居然這麼漂亮！原來泰戈爾住在城堡裏啊！」一進去發現沒有走錯，果然如假包換時，波波開心地往前直走去！

「是啊！不過泰戈爾的家感覺有點像紅毛城咧……」

紅毛城？我這樣的比喻不知是否對詩豪有所不敬，不過綠草如茵的大草坪，加上紅磚白線綠牆的二樓西式建築，眞的很像淡水的紅毛城！博物館裏展示了一些泰戈爾生前用的傢俱及生活用品，以及泰戈爾周遊列國的照片，最值得一看的是，我覺得全世界最好看的版畫就蒐集在泰戈爾的家中。我不認識什麼有名的版畫家，不過印度的版畫取材有點像是高更的畫，加上蒙兀兒式的精密線條，讓人第一眼看見就會打從心底讚嘆：所謂版畫，應該就要像這樣吧！由於整個建築並沒有進行改建，只是沿用，所以到這裏來，一定要做一件事，那就是去上廁所！廁所就是十九世紀時，泰戈爾在用的樣子，所以男生就佔了許多便宜，上個廁所馬上可以體驗和大詩豪共用廁所的感覺，而我和波波就只能想著泰戈爾他媽媽和我們用同一個廁所。

泰戈爾故居是這趟印度之旅裏，最美的逗點，是這個髒亂城市裏最美麗、最乾淨的城堡，加上無數的菁英份子都在這裏聚集，讓人感覺整個加爾各答的希望都在這裏蔓延到全印度。可別小看了加爾各答這個城市，因爲它可是有兩個諾貝爾獎的地方，一個就是剛剛提到的泰戈爾，另一個則是德蕾莎修女所設的濟

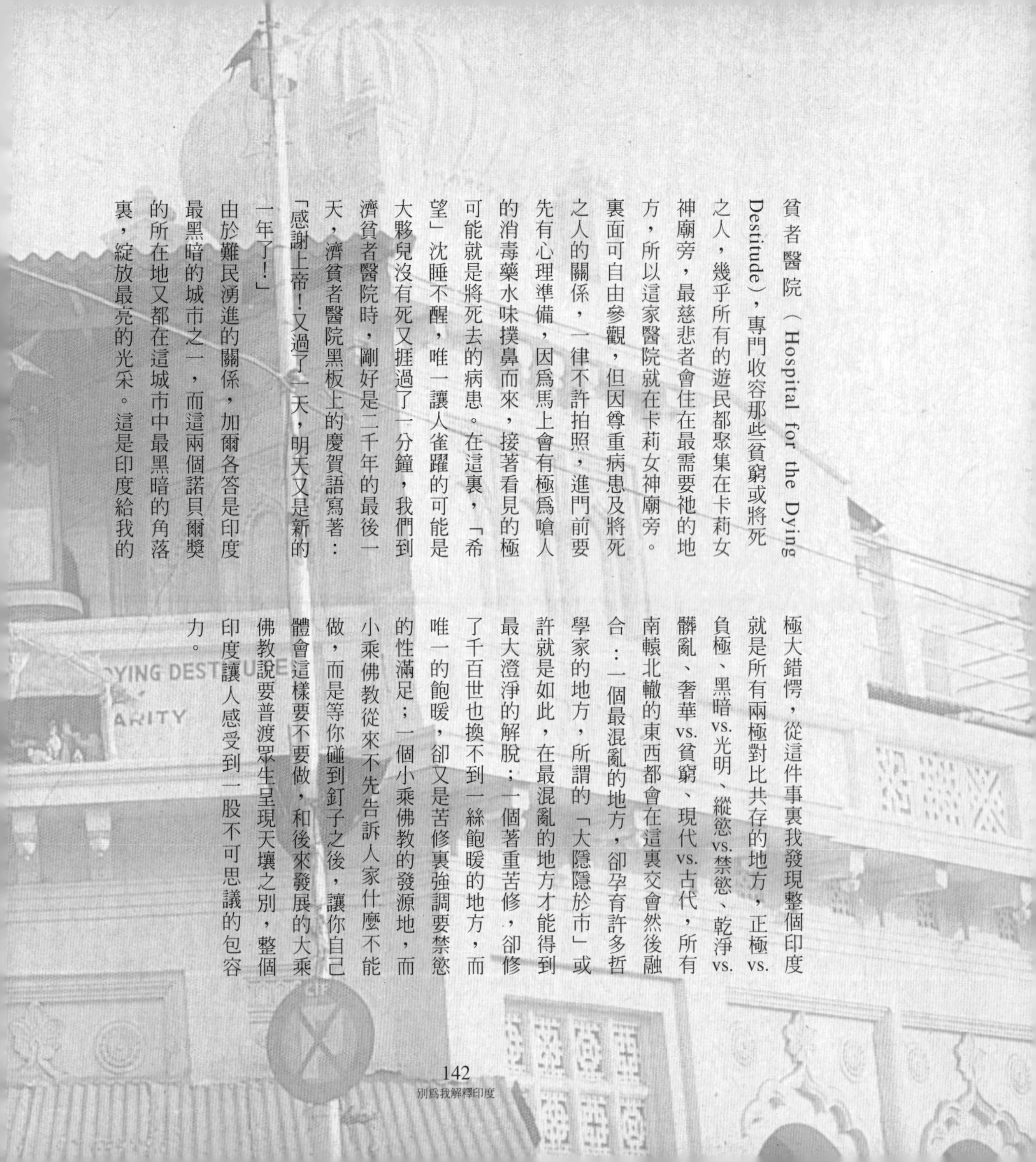

貧者醫院（Hospital for the Dying Destitude），專門收容那些貧窮或將死之人，幾乎所有的遊民都聚集在卡莉女神廟旁，最慈悲者會住在最需要祂的地方，所以這家醫院就在卡莉女神廟旁。裏面可自由參觀，但因尊重病患及將死之人的關係，一律不許拍照，進門前要先有心理準備，因爲馬上會有極爲嗆人的消毒藥水味撲鼻而來，接著看見的極可能就是將死去的病患。在這裏，「希望」沈睡不醒，唯一讓人雀躍的可能是大夥兒沒有死又捱過了一分鐘，我們到濟貧者醫院時，剛好是二千年的最後一天，濟貧者醫院黑板上的慶賀語寫著：「感謝上帝！又過了一天，明天又是新的一年了！」

由於難民湧進的關係，加爾各答是印度最黑暗的城市之一，而這兩個諾貝爾獎的所在地又都在這城市中最黑暗的角落裏，綻放最亮的光采。這是印度給我的極大錯愕，從這件事裏我發現整個印度就是所有兩極對比共存的地方，正極vs.負極、黑暗vs.光明、縱慾vs.禁慾、乾淨vs.髒亂、奢華vs.貧窮、現代vs.古代，所有南轅北轍的東西都會在這裏交會然後融合：一個最混亂的地方，卻孕育許多哲學家的地方，所謂的「大隱隱於市」或許就是如此，在最混亂的地方才能得到最大澄淨的解脫；一個著重苦修，卻修了千百世也換不到一絲飽暖的地方，而唯一的飽暖，卻又是苦修裏強調要禁慾的性滿足；一個小乘佛教的發源地，而小乘佛教從來不先告訴人家什麼不能做，而是等你碰到釘子之後，讓你自己體會這樣要不要做，和後來發展的大乘佛教說要普渡眾生呈現天壤之別，整個印度讓人感受到一股不可思議的包容力。

可以世世為敵，也能生死相守在一起

「台灣人吃豬肉嗎？」

「台灣人什麼都吃！咦！印度人也吃豬肉嗎？我都沒看見街上有人在賣豬肉啊！」

「噓！別說！其實我有的時候會買豬肉，可是我買豬肉時，要用報紙把它包起來纏好，不然我媳婦知道的話會嚇死！」

「妳媳婦是回教？」

「是啊！麻煩哦！她不吃豬，可是我老公是印度教，不吃牛，所以你們在我家永遠只能吃到雞、羊、和魚，幸好我是基督教，沒什麼忌諱，不然能吃的東西就更少了！」

蒙兀兒畫風現在依舊是印度繪畫的大宗，特點在於完全的寫實，並以華麗的石頭砂上色。在印度畫蒙兀兒畫的人，基本上有點像畫匠，因為是算工時的，蒙兀兒畫耗時耗工，畫一幅畫有時要耗上一個月，每天約以100～200盧比計算。

這就是轟動全世界的德蕾莎修女的濟貧者醫院，每天都有無數來自世界各地的義工來這裏學習如何付出關愛，每天也都有無數垂死病患在這等待極微小的一線生機。

甘地紀念墓園，印度最祥和的地方，甘地的愛好和平讓這裏變得很寧靜；甘地愛好清潔也讓這裏更感受到遺世獨立的無染。

「哦！這樣啊……要和這麼多不同宗教的人生活在一起，妳們全家一定都很努力！」

「是啊！以前我只需要做禮拜，嫁給我老公以後，要學的祭拜儀式可多著啦（印度教的儀式和神祇數目和咱們道教的一樣多，我相信現在沒有幾個年輕人有辦法搞懂這些三牲五禮的！）後來加入我媳婦，這個不行、那個不能的，然後每天又要朝拜好幾次，天啊，可累的了！」

我和印度網友的媽媽壓低了聲音做祕密性談話，深怕一個不小心被家裏其他人聽見了，以爲她在抱怨。基本上像這樣的家庭在印度是很常見的。各種不同的宗教，互相抱持著不同的意見和生活習慣生活在一起，有時政局不穩，回教和印度教正拚得火熱時，家裏可能也會來個冷戰二、三天，但不管外面打得多激烈，只要不是兩人間的感情出亂子，也能白首到老沒問題。

我們在亞格拉一家大理石彫刻店遇到的小老闆，他們家經營那家店已經好幾代了，是印度教徒，而他爲我們介紹他家裏的長工，已經爲他們家工作了三代了，是個回教徒，兩家相處和樂融融，還說都是政治惹的禍，不然全印度的人都能像他們這樣和平共處。

我是愛乾淨的！
我只是會亂丟垃圾而已！

「紀—玉—君！你看！垃—圾—桶！」啊！真是奇觀啊！趕快找個垃圾來丟一下吧！好不容易看到垃圾桶，一定要使用一下，更何況垃圾桶上還寫個大大的「用我！用我！」

在印度走了十幾天，我和波波終於在新德里，聖雄甘地的墓園裏看到了垃圾桶，這種感覺很讓人覺得怪異，好像整個印度這麼大，只有這裏有垃圾桶一般。可是如果就我們旅行的路線來說，也的確就是這樣沒錯，這—麼—大—的—印—度，只—有—這—裏—有—垃—圾—桶—了！

終於在甘地墓園看到垃圾桶的原因，我想只有一個，雖然是我自己的臆測，但是因爲其他名勝古蹟都沒有垃圾桶，我便更加確定這個想法。甘地回到印度定居時，已經四十六歲，在南非已經住了

這就是甘地紀念墓園的垃圾桶，還要特別強調「使用我」，真好玩！

二十年，回到印度首先讓他下決心非改革不可的就是公共衛生問題，現在的印度公共衛生就已經很令人不敢恭維了，更何況甘地時代的印度人還處在常常隨地大小便的狀況中。對甘地來說，那些隨地大小解、隨地吐痰、隨處擤鼻涕、污染河川和土地的人，若沒有受到嚴重的懲罰簡直就是沒有天理。這麼重視公共衛生的甘地，死後在他的墓園裏放置垃圾桶就有一點道理，而且垃圾桶外印的大大的「用我！用我！」，看起來感覺就像甘地未說完的遺言之一！（甘地的遺言只有一句：哦！天啊！）

不過，當時剛回印度的甘地，對印度人來說簡直就是我們現在說的ABC，什麼印度的事都不懂，只拿著國外那一套回國盲目地照著做。印度教裏認爲印度教徒是全世界最清潔最乾淨的民族，他們每天沐浴一次（雖然只是在河邊用比身體更髒的水洗一洗，不過他們倒是認爲連心靈都已徹底洗滌）、將上廁所和吃飯用的手區分開來，一個是左手，一個是右手、進去神聖之地如：廟宇、陵寢，一定要脫鞋以免污染了聖地、不和身分不同的人共同進食或多話……等等，諸多繁雜的儀式和教條，都是爲了要保持自身的潔淨，以免受到任何心靈及身體上的污染。所以，當時的印度人一定覺得納悶：印－度－怎－麼－會－不－乾－淨？這眞是一個令人咋舌的現象，因爲心靈和現實完全可以分開來執行。精神上完全不敢出軌違背教規，該做的事沒有一樣敢不做到，但事實上有做又和沒做沒什麼差別，畢竟河水就是這麼髒，洗再多次澡也沒用；四處都是大便，走到哪裏髒到哪裏，除了鞋子不乾淨之外，長長的裙子會乾淨才怪，所以脫了鞋子也沒用，那麼，到底印度人的乾淨是哪門子乾淨呢？果眞是再極端對立的事都有可能在印度生存！

街景永遠是髒亂的，但許多我們以為不必太在意的東西又是美麗整齊的，印度的司機都喜愛裝飾自己的車子，從人力車到大卡車，台台出色，似乎每個人都是天生有品味的藝術家。

儘管來吧！再多不一樣也不怕！

諾貝爾桂冠詩人Octavio Paz《在印度的微光中》一書裏，就曾經這麼形容印度教：「印度教是由許多信仰與儀式聚合而成，雖然缺乏傳教士，但它同化力量仍極強大。它不像基督教或回教般地勸人皈依，卻很成功的蠶食鯨吞。印度教有如一尾龐大的形而上蟒蛇，緩慢而毫不留情地將外國文化、神祇、語言、信仰全部吞食消化。」

把最不一樣的東西混合在一起是印度教的拿手絕活，這一點和日本比較起來可說是有點像。不過我個人認爲，日本人是比較刻意的在保存自己傳統的東西，但是印度人則眞的很隨意地就保存了下來，因爲那已經內化爲一種生活的方式。在印度時，很少看到貓，偶爾看到了也沒看過印度的狗追過貓，雖然是世仇，但印度的貓和狗一定懂得如何和敵人相處融洽的祕訣，就像印度教和回教雖然是世仇，也能共處一堂般的神奇，看來我們中國人講的世界大同的境界早已在這裏，如果全世界都像他們這般，地球的人們早已和樂融融！不過話說回來，別忘了印度是矛盾的。畢竟，全世界發展核武發展得最兇的，印度可也是有份的！

吃飯皇帝大——只到北印度，所以一起吃北印度食物吧！

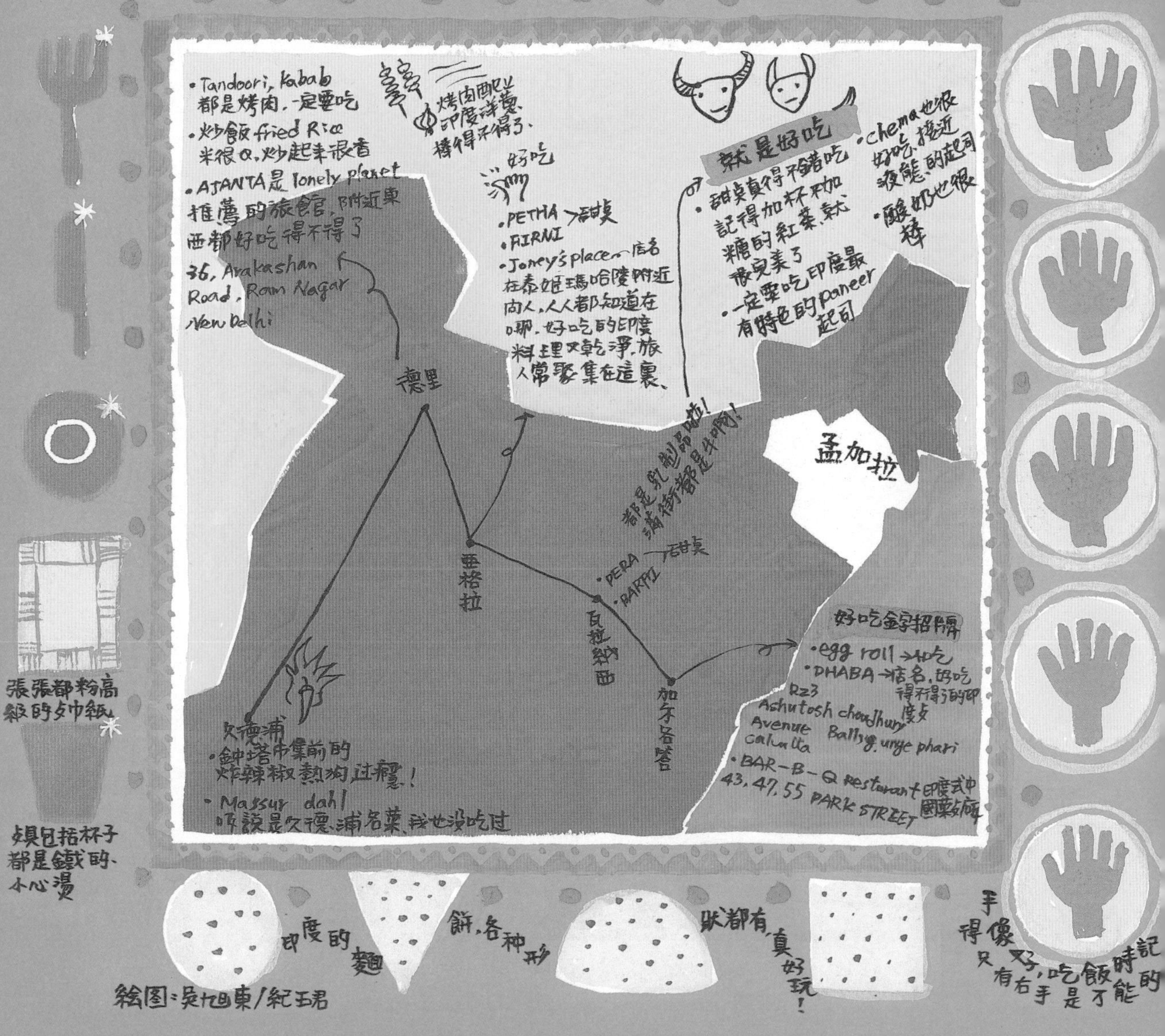

•Tandoori, kabab
都是烤肉，一定要吃
•炒飯 fried Rice
米很Q，炒起來很香
•AJANTA是lonely planet
推薦的旅館，附近東
西都好吃得不得了
36, Arakashan
Road, Ram Nagar
New Delhi
烤肉配上
印度洋蔥、
棒得不得了。
好吃
•PETHA→甜點
•FIRNI
•Joney's place→店名
在泰姬瑪哈陵附近
同人，人人都知道在
哪。好吃的印度
料理又乾淨，旅
人常聚集在這裏。
就是好吃
•甜點真得不錯吃
記得加杯不加
糖的紅茶，就
很完美了
•一定要吃印度最
有特色的paneer
起司
•chema也很
好吃，接近
液態的起司
•酸奶也很
棒
德里
亞格拉
瓦拉納西
加爾各答
孟加拉
都是乳製品啦！
滿街都是牛啊！
•PERA→甜點
•BARFI
好吃金字招牌
•egg roll→好吃
•DHABA→店名，好吃
得不得了的印
度女
Rz3
Ashutosh choudhury
Avenue Ballyg. unge phari
Calcutta
•BAR-B-Q restaurant 印度式中
43, 47, 55 PARK STREET 國菜好施
久德浦
•鐘塔市集前的
炸辣椒熱狗過癮！
•Massur dahl
聽說是久德、浦名菜，我也沒吃過
張張都粉高級的紙巾
連包括杯子都是鐵的、小心燙
印度的麵餅，各种形狀都有，真好玩！
手
得像
只 好，吃飯時記
有右手是才能的

繪圖：吳旭東/紀玉君

KEBAB

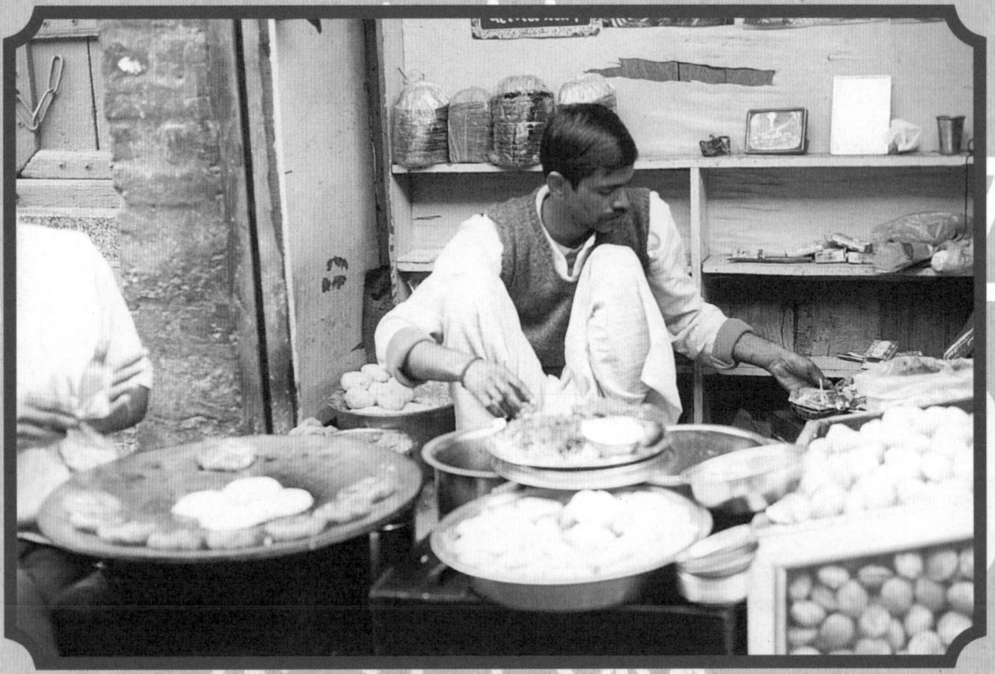

來印度吃飯喔！

在小吃攤保證你能吃到所有印度最好吃的食物，而且都是道地的民間料理。照片中圓形的是炸麵球，叫「PURI」，像泡芙一樣中間是空心的，要吃的時候把中間戳一個洞，放入蔬菜，再泡進醬汁裹，不要吃的太秀氣，最好一口一個，免得醬汁滴的滿身都是。這是我們初到印度吃的第一樣路邊攤小點心，吃得有點惶恐，因為怕不乾淨，但吃過一次之後恐懼症就解除了，沒辦法，便宜、好吃、又有特色，還管它什麼衛生呢！樣樣事都這麼在意，就只能吃大飯店囉！三角形的叫「SAMOSA」有點像炸咖哩餃，不過印度做的真的好吃多了，吃過之後，台灣的咖哩餃你可能都會看不上眼。

奶油焗蔬菜 香料飯 PURI SAMOSA PAKORA ROTI KEBAB TIKKA TANDOORI 果醬 冰淇淋 醃菜 奶油焗蔬菜
飯 PURI SAMOSA PAKORA ROTI KEBAB TIKKA TANDOORI 果醬 冰淇淋 醃菜 奶油焗蔬菜 香料飯

PURI SAMOSA PAKORA ROTI KEBAB TIKKA TANDOORI 果醬 冰淇淋 醃菜 奶油焗蔬菜 香料飯 PURI SAMOSA PAKORA ROTI KEBAB TIKKA TANDOORI 果醬 冰淇淋 醃菜 奶油焗蔬菜

這是「PAKORA」，用麵粉裹著蔬菜和青辣椒再油炸，外型很像熱狗，在久德浦這個沙漠地區看到這種食物有點驚訝，這麼熱的地方怎麼還吃這種炸辣椒？！

這是印度人常吃的麵餅，叫「ROTI」。我和波波戲稱為「撞牆餅」，把麵糰揉好後，摔打幾下，再丟進火爐壁邊烤，丟的時候用熱力讓它黏在烤爐邊。印度的麵餅非常的Q，好像不完全是用麵粉做的，還有其它印度特有的材料，香味十足！

PURI SAMOSA PAKORA ROTI KEBAB TIKKA TANDOORI 果醬 冰淇淋 醃菜 奶油焗蔬菜 香料飯 PURI SAMOSA PAKORA ROTI
KEBAB TIKKA TANDOORI 果醬 冰淇淋 醃菜 奶油焗蔬菜 香料飯
PURI SAMOSA PAKORA ROTI KEBAB TIKKA TANDOORI 果醬 冰淇淋 醃菜 奶油焗蔬菜 香料飯

PURI SAMOSA PAKORA ROTI KEBAB TIKKA TANDOORI 果醬 冰淇淋 醃菜 奶油焗蔬菜 香料飯 PURI SAMOSA ... KEBAB TIKKA TANDOORI 果醬 冰淇淋 醃菜 奶油焗蔬菜 香料飯

到了印度一定要吃的食物是烤肉，這是回教的傳統食物，有好幾種選擇。一般來說，點「KEBAB」或「TIKKA」的是像圖片中烤肉串的料理，有些會將生肉先醃過香料後再窯烤配蔬菜吃，印度的烤肉稍微乾一些，是為了要配特殊沾醬吃的，不過不知道為什麼，特別香！另外一種叫「TANDOORI」，因為是用烤爐，所以就不一定是烤肉串的型式。

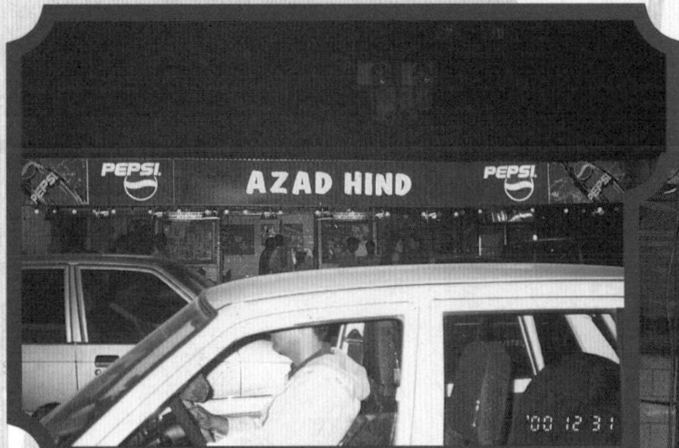

我們第一個晚餐是到加爾各答這家店，店外貼了一大堆名人來過的相片，看來全世界各地都認同名人推薦法。這家餐廳除了超好吃之外，比較有趣的是可以站著吃。網友將車子開到店門前，用2個杯子立起前車蓋，頓時車蓋就變成了桌子，我們便在車蓋上像野營般吃了起來。

紅色杯子裏的是印度傳統冰淇淋；小推車上的則是現代甜筒冰淇淋了。

印度人喜愛吃甜食，所以果醬的種類也很多，而且都偏甜，配上一包才7盧比的土司，就是一餐印度人的幸福西式早餐，這個牌子的果醬在印度是高檔貨。

醃菜

這是印度醃菜，其實是做印度菜必用的食材。印度人將各種水果或蔬菜用香料醃起來，做菜的時候再加進去，通常都又鹹又辣，單吃的話一定會受不了。

印度的果汁也都偏甜，倒是鮮奶很奇怪，都是保久乳，可能和交通不太方便有關吧！到印度絕對不能錯過的是買大吉嶺紅茶，真的好喝的不得了，有一種特殊的香氣，而且不會澀，早餐空腹喝可以振奮精神，而且不會胃痛。

這是網友媽媽做的「KOFTA」，把馬鈴薯泥混合蔬菜、起司，炸成一個小圓球，口感和味道都有點像日本的可樂餅，再加上每家自製的香料就更特別了。

香料飯

這道奶油焗蔬菜是網友媽媽的絕代印度化西式料理。就是焗蔬菜而已，做法也都一樣，可能是加了一些巧思在香料的混合比例上，所以吃起來比在餐廳吃到的都好吃。

香料飯就是香料拌飯，端看各家香料組合功力如何了。總而言之，鐵定每家都不一樣，難怪網友吃不慣外面的食物，因為真的每家都會有自家特殊的味道。

PURI SAMOSA PAKORA ROTI KEBAB TIKKA TANDOORI 果醬 冰淇淋 醃菜 奶油焗蔬菜 香料飯 PURI SAMOSA PAKORA ROTI
KEBAB TIKKA TANDOORI 果醬 冰淇淋 醃菜 奶油焗蔬菜 香料飯
PURI SAMOSA PAKORA ROTI KEBAB TIKKA TANDOORI 果醬 冰淇淋 醃菜 奶油焗蔬菜 香料飯

After 一切都只是梵天的一場夢……

我到底有沒有去過印度呢？

回國後一直做著印度風打扮的我，其實常常問自己這個問題。

要不是有照片爲證，以及每晚伴我記錄這趟旅程的大吉嶺紅茶，我可能眞的會覺得一切只是一場夢而已。

印度的生活和我原本的日子實在是相差太多，以致於讓我覺得日子被切割的有些不眞實，突然間，我又開始很順理成章地用起衛生紙；突然間我壞掉的錶又可以開始動了；突然間不必再用手抓飯吃了……

太多的突然間，讓我覺得那幾天所見所聞或許是一場海市蜃樓，尤其是，突然間，我的印度網友Sanjeev再也不和我聯絡了，他從我的e-mail裏正式消失……

我實在想不通爲什麼，或許是我們在印度時眞的把他給吃垮了，他現在得努力工作賺錢還債；也或許是他本來以爲可以看到兩位異國美女的，沒想到是兩位恐龍妹，乾脆來個再也不見，也或許是其它的或許，只是我想不到是什麼而已……

印度的風景、印度的空氣、印度的人事物，都深深的存在我的記憶體裏，可是我身旁一些關於印度的事物卻一樣一樣的消失，包括後來消失的一些底片、網友媽媽送我的腳環、我精挑細選的腳鍊……

或許就像印度人的時間觀，我其實就是在一場梵天的夢裏而已……

有幾次，我曾經拿起印度網友的電話，希望藉由這一串數字傳到跨洋的那一端，來證實我是否是在夢境，不過，後來依然作罷……

如果這眞是一場夢的話，這夢裏的許多美好，現在都還在我心裏、腦海裏，我能做的只是向我的記憶力挑戰，把這些東西都記下來，別讓這些僅剩的東西隨著記憶體逐漸不足而慢慢失去吧！

105 台北市南京東路四段25號11樓

廣 告 回 信
台灣北區郵政管理局登記證
北台字第10227號

大塊文化出版股份有限公司　收

地址：□□□ ＿＿＿＿＿市／縣＿＿＿＿＿鄉／鎮／市／區
＿＿＿＿＿路／街＿＿＿段＿＿＿巷＿＿＿弄＿＿＿號＿＿＿樓
姓名：

大塊 LOCUS 文化

編號：CA036　書名：別爲我解釋印度

大塊 LOCUS 文化

讀者回函卡

謝謝您購買這本書，為了加強對您的服務，請您詳細填寫本卡各欄，寄回大塊出版 (免附回郵) 即可不定期收到本公司最新的出版資訊。

姓名：＿＿＿＿＿＿＿＿＿＿ **身分證字號：**＿＿＿＿＿＿＿＿＿＿

住址：＿＿＿＿＿＿＿＿＿＿＿＿＿＿＿＿＿＿＿＿

聯絡電話：(O)＿＿＿＿＿＿＿＿＿＿ (H)＿＿＿＿＿＿＿＿＿＿

出生日期：＿＿＿年＿＿＿月＿＿＿日 E-mail: ＿＿＿＿＿＿＿＿＿＿

學歷：1.□高中及高中以下 2.□專科與大學 3.□研究所以上

職業：1.□學生 2.□資訊業 3.□工 4.□商 5.□服務業 6.□軍警公教 7.□自由業及專業 8.□其他＿＿＿＿

從何處得知本書：1.□逛書店 2.□報紙廣告 3.□雜誌廣告 4.□新聞報導 5.□親友介紹 6.□公車廣告 7.□廣播節目8.□書訊 9.□廣告信函 10.□其他＿＿＿＿＿＿

您購買過我們那些系列的書：

1.□Touch系列 2.□Mark系列 3.□Smile系列 4.□Catch系列
5.□PC Pink系列 6□tomorrow系列 7□sense系列 8□天才班系列

閱讀嗜好：

1.□財經 2.□企管 3.□心理 4.□勵志 5.□社會人文 6.□自然科學
7.□傳記 8.□音樂藝術 9.□文學 10.□保健 11.□漫畫 12.□其他＿＿＿

對我們的建議：＿＿＿＿＿＿＿＿＿＿＿＿＿＿＿＿＿＿＿＿

LOCUS

LOCUS

LOCUS

LOCUS